KB176998

낭만실조

낭만실조

유형길 에세이

채륜서

프롤로그

적어도 부끄러운 글은 쓰지 말자고 다짐했습니다. 그러려면 부끄러움을 자각하는 삶이 먼저 되어야 해서 진작에 나를 알고 견뎠으면 좋았을 텐데. 주어도 주어도 부족한 나는 그러지 못했습니다.

작은 깨달음 하나라도 혼자의 것이 아니었습니다. 돌이켜 보면 내가 눈여겨보고 나를 눈여겨봤던 기록물. 그것들은 모두 내 곁에서 부족함을 정성 어리게 지켜 준 누군가의 눈빛과 어떤 순간들이었습니다. 이 순간을 적어 내리며, 차곡차곡 담긴 여러 장들을 넘기며 다시 소중한 인연이 되어 준 것에 감사함을 느낍니다. 이만큼의 순간들을 빌려 오기까지의 당신의 시간들을 놓지 못하고 공유합니다.

방황, 계절, 상실 그리고 긴 고독이 가까이 있습니다. 앞으로 허무와 외로움 무의미함을 내가 가는 정처 없는 곳에서 또 만나지 않을 것이라고는 장담하지 못하겠습니다. 그렇지만 나는 압니다. 여지껏 들이켰던 수많은 고뇌의 한 잔이 다시금 나를 있게 해 주려는, 이곳에 머무르라는 명확한 이유였음을. 삶의 불안한 확신이 더 우리의 아름다움이었음을 시인합니다.

확장과 환기의 경계에서 생각합니다. 어쩌면 내 안에 있는 말들은 완성도 있는 책을 쓰려는 욕망보단 완성도 있는 삶을 살고 싶은, 있는 그대로의 빼곡한 근거는 아니었을까요. 전과 같이 상처와 결핍 속에서 고개를 숙이고 내밀며 나는, 오늘만을 나아갈 뿐입니다.

부디 이 책이 그러한 당신만의 대화를 하려는 당신에게 삶의 책임감과 보탬이 되었으면 좋겠습니다.

차례

2부

당신이라는 이만큼의 눈부심을 빌려오기까지

3부

나의 시는 아무한테서도 살아남지 않는다

나는 당신에게 얼마만큼의 해방이었나요

1부

0.7mm

첫 문장은 오래 쓰는 편이다. 샤프를 든 하루를 갈아 넣으면, 어떤 날은 그 하루에 절반이 걸리기도 하고. 마무리 짓지 못한 무렵에는 자정을 넘긴 문장이 새벽까지 오가기도 한다. 구태여 말하자면 내게 문장이란 어느 날의 연명과 상념이 만나는 대화의 허들이랄까. 그만큼 우리가 힘들게 몸부림친 절경 위에서는 사람과 인연이 남겨 놓은 미연의 대화가 많기 때문이다. 과연, 문장이란 놈은 대단해서 불현듯이 끌어다 쓴 대화를 다시금 정의하던. 그러니까 내가 반복한 행복이 행복의 표지에서만 커지지 않도록. 또는 내가 가진 행복감의 분량이 실없는 소나기로 소비되지 않게 나를 구제하는 것이리라.

자책의 시간을 부둥켜안을 때

내 스스로 무엇이 달라졌는지, 무엇이 변하지 않았는지 모르고 지나갈 때가 종종 있다. 그땐 그랬고, 당시에는 그러지 못해서. 자책의 시간을 부둥켜안을 때 어쩌면 나도 너와 별다를 게 없는 나약한 존재라고 결론짓기도 한다. 그저 햇빛에 증발한 나의 일부를 조금 알았다고 자신하다간 다정 없는 변덕스러움만 친히 간직하는 것을. 자유로운 그늘 없이 하루하루의 멈춤을 만끽하면서. 나는 그런 삶이 진정한 만족으로 직결된다고 믿지 않는다. 앞으로를 멈춰 줄 그 찡그림에 어깨동무를 하고, 밥을 먹고, 잠을 자는 평범한 상실들이 그렇게 미덥다 못해 몸 깊숙이 퍼지는 마음의 여운. 우리의 낯선 각도를, 성실히 보듬어 갈 거라 믿는다. 바른 자세와 맑은 정신으로 세울 시간이 충분한데도 불구하고 그 어디라도 나를 주었던. 도대체 왜 무의미한 것들에 익숙해져서 무엇을 푸르르고 있지 고해한다.

불쌍한 고집

내가 나를 끈질기게 불쌍히 여기는 것만큼 불행한 것도 없다. 어떻게든 주변에서 값진 인격으로 대하고 치켜세워 줄지언정 그럴 수 없다며 오랜 태도로 거절한다. 자신을 일부러 늦춰 비방하고 나쁘게 탓하는 것이 습관이 될 필요가 있었나. 소중한 존재를 도대체 어떻게 다루고 있었기에 나를 아끼지 못하는지. 치욕스러운 그 자신을 비참하고 작아 보이게, 머리를 들 수 없게 한 과거의 상처는 그 정도로 남겨 둬야지. 시간을 아껴 추수하고 아끼지 못했던 점까지 치중해 다스려 나가야 함을.

내면의 훈련

거울을 보며 운동하는 나는 남을 덜 의식하는 훈련이 된다. 거울 속 반사된 모든 것은. 있는 그대로 보이겠지만, 거울 안에 어떻게 나를 집어넣느냐의 선택은 전적으로 나에게 있다. 누구든 나를 내던지고자 하는 사람이 어디 있으랴. 누구든 나를 가만히 두고자 하는 사람이 어디 있으랴. 어찌 됐든 내면에 들어가는 그 순간에 얼마나 몰입하냐는 것이고 보다 중요한 것은 나를 놓지 않는 것이다. 그렇기에 몰입은 한순간에 되지 않는다. 나의 어두움에 관심을 가져야 하고 나와 대화하고픈 관심사를 만들어야 한다. 내면과 대화할 관심사. 그 관심사를 나에게 널리 알리는, 털어놓는 연습이 인지다. 그 안에 장시간 내가 들어오지 않으면 신경이 쓰이고 내가 너무 오래 머물러도 마음에 들지 않는다. 과할 정도로 내면의 나를 더 의식할수록 남을 의식하지 않는 것은 자연스러워진다. 그게 인간이고 인간적인 나의 하루를 먼저 인정해야겠지. 육체의 충격은 한없이 주어지겠지만, 내면의 절제는 내가 만드는 것일 테니까.

고독의 반의어

인간은 고독해서야 알게 되는 게 있다. 혼자인 것을 아는 거와 번뜩 혼자가 되어 버린 나를 알게 되는 거는 또 다른, 문제일 거다. 외로움에서 고독으로 가는 길. 고독은 본래 마음 내부의 독립적인 갈구를 아는 것이라서 이상하게도 고독 그 자체가 되어 버리면 고독일 뿐임을 시인하게 되진 않는달까. 그럴수록 우린 부모 없는 어린아이와 자식 없는 늙은이같이 그 반대편에 서게 되는 것이다. 인생이란 반의어에는 공통되는 의미가 수북해서 안녕을 마주하게 되던. 벌써 소외감 자체가 되지 않아도 되는 연약함에는 이미 성체로 머물기에 외로움과 우울한 자체의 삶은 혼자인 상태. 그 자리로 빨리 돌아가자는 강박을 만든다. 반면에 고독은 얼마만큼의 사람으로 견디는지를, 얼마만큼의 자신으로 버티는지를 마음의 고도를 재도록 돕는 중요한 치수이다.

확신의 시작은 허둥지둥

허둥지둥대도 좋으니 확신이 들 때는 움직여야 한다. 제 발로 서고자 끝끝내 비틀대야 된다는 것. 삶의 그릇은 발바닥의 굳은 결심으로 좌우되는 거니까. 허비해 버린 안타까운 배반의 시절. 놓치는 시간과 허구들이 많았어도 다시 고요한 의지를 가지고 쓸쓸한 장소에 앉아 무용한 것에 귀를 기울여야 한다던. 나를 비추어 줄 수 있는 무언가에는 망설임 없이 다가가 충분히 그 마음가짐으로 사무쳐야 한다. 더는 분위기에 그을려 눈물로 나를 고이게 하지 말고, 결의와 인내로 오롯이 과거를 닦아 내야 함을 믿어야 한다.

조급하게 파 놓은 구렁

마음의 반에 맞춰 나로 서 있을 수 있는 것들이 있다면, 우직한 마음으로 반대 상황을 감수할 수 있어야 하는데. 조금만 어렵고 힘들면 조급하게 파 놓은 모래 구렁으로 숨는다. 작고 여린 구멍구멍들 속에 얽매여 후회할 것까지는 배웅하지 않은 채. 그래서 두렵고 초조한 마당에 자신을 닦달하던 시간의 향방. 뭘 그렇게도 무료히 불안감을 펼쳐 놓는지 가는 곳마다 아쉽게 하기를 못내 대체되는 사람이 된 것 같은 기분. 그 전당 앞에서 뿌옇고 흐린 나의 계획을 날씨의 연연하지 않는 확실한 바람으로 유심히 불며 봐야지. 강하게 호호 우직함을 찾아와야지 다짐한다.

그녀의 물결과 긴 흩어짐

낭만은 분위기로부터 표출된 물결과 긴 흩어짐이다. 현실에 매이지 않아 그녀를 대하는 모든 태도와 심리가 좋을지언정. 감정의 말을 다잡지 않은 채 오로지 감미로운 느낌 따위로 몽상한다면, 우리의 관계는 근거 없는 통사 구조로 파괴될 것이다. 눈앞에 나타나 보이는 무참한 아름다움도 질서와 구도 그리고 격식에 들어맞는 어귀를 가지고 존중으로 대항해야 한다. 도리어 낭만이란 자유자재의 정적이고 인간에 이는 어김없는 찬미일 테니까. 그것이 담아 놓은 분위기를 쉽지 않게 여기는 태도이니까.

괄호

마음을 읽으려면 지문이 쓰여야 한다. 어떤 동작이나 표정, 말투 등으로 마음을 표현해야 하는지 모른다면, 대사 옆 괄호 안에 구체적인 표현을 넣어 주면 된다. 이러한 더해짐은 삶의 상연을 더욱 실감나게 만들어 줄 뿐 아니라 한정된 대화의 공간을 무한한 것으로 느끼게 한다. 그런 의미에서 마음을 좀 읽었다고 무대 위에서의 등장과 퇴장 등을 결정하는 것도 지휘하는 것도 아니 된다. 단지 이 순간순간의 시기가 과거라는 걸작품이 되는 것을 알고, 연출을 검토해 나의 주인공이 최고가 되도록 막을 올리고 내려 주는 본질에 충실해야 하고. 과거의 표현력이 현재로 비추어지도록 신경 써야지.

짙은 것이란

짙은 것이란 뚜렷하고, 진하고, 그러다 못해 두꺼운 유의어라고 불린다. 다소 깊고 강한 느낌의 먼 단어인지라 나는 얼추 불릴 수가 없다고 자명하나. 그런데 아는가, 구개음화 현상을 거쳐서야 옛말인 '딭다'에서 '짙다'로 변화하게 되었다는 것. 딭다는 융성하단 뜻이고 융성함이란 기운차게 일어난다는 뜻이다. 곧 짙음을 거머쥔 밤은 일어날 때를 일어나는 것이고, 짙음을 이룬 낮은 드물었던 나까지 알리는 것이리라.

내가 바로잡는 짙은 사람이란 단지 강해질 대로 강해져 깊어진 사람이 아니라 일어날 때를 알아 기운차게 일어나는 사람을 말하는 것이 아닐까.

마음먹기

마음을 먹는다는 것이 참으로 쉽지 않다. 어쩌면 세상에서 가장 먹기 힘든 것은 마음먹기가 아닐까 할 정도로 어렵다던. 그 마음은 먹을 때마다 음식을 처음 맛보는 것처럼 다가가기도 전에 두려움이 된다는 것. 마음을 먹는다는 게 어떤 연유에서 그렇게 오묘한 거리가 생기는 것일까. 모처럼 먹은 마음이 어떤 의미이기에 앞에 두고도 수저를 들지 못하는지. 망설이는 나를 두고 한 번쯤 궁금하기도 하다. 그렇고말고 여기서 말하는 마음의 촉박이란 과거에 나조차 하지 못했던. 즉, 일컬어진 무엇이라도 그 어떤 누구든 간에 상관없이 정해 놓은 모든 구차함을 먹겠다는 억압의 지움인 것이다. 적어도 어떻게 기입됐는지 모르는 순서의 마지막에서 바깥부터 가로질러 보겠다는 결심이 절대 마음을 가느다랗게 하지는 않는 일이기에.

유한한 삶의 무한한 의미

인간이 유한하다는 것을 인정할 때는 견고해지지 못한다는 사실에서다. 내가 알고 있다 말하는 자신의 본모습으로만 살지 않을 때. 박살 날 대로 박살이 날 때 비로소 인간다움을 나타낸다. 우리는 결국 죽을 때까지 인간스럽게 흉내 내며 살다가 인간답기를 거부하겠지.

평생 동안 자신을 완벽히 알 수 없다는 전제에서 인정할 때 더 많이 살게 된다. 즉, 우리는 스스로 하루를 많이 살 수도 적게 살 수도 있다는 것이다. 삶은 알아가는 것이 아니라 살아가는 것이니까. 살아간 경험을 알았다고밖에 할 수 없으니까. 요컨대 하루를 크게 살아가는 무의미함. 그것이 우리의 유한한 삶의 무한한 의미를 칠해 주는 걸지도.

무너지고 쓰러지는 순간을 즐길 수밖에 없다. 여태 쌓아 온 노고와 나라고 불렸던 전부는 언젠가 살살이 붕괴되기에. 내가 나를 얼마만큼 부숴 놓는가에 한해서. 순간을 그저 행복과 불행으로만 나누지 않을 때. 나를 영원함 안에 가두지 않을 적에 그제야 불안을 담보로 존재한다. 그 순간은 마치 빠르게 산을 타고 내려오는 느낌을 받아서. 갈고닦아 온 기술로 떠밀려 떨어지는 것이 아닌, 쪼개진 나 자신을 직면했을 때 희열감.

우리는 스스로 싹 다 지워 내는 방법을 익히기 위해 태어나 이곳에 왔는지도. 다 무너져 내려 절망과 허무함을 느낄 때면 더 높은 곳을 자발적으로 오르는 본능으로. 더 큰 무너짐을 위해 살아가는 것이 자연스러운 일이지 않을까.

욕심을 갖고 이름을 남기지 않아야 이름이 남는

다. 내가 없어야 내가 있듯이. 그래 본래 인간은 내가 나를 잊기에도 부족하다는 진리와 함께 잊히기를 겁내지 않을 때 영원과 가깝게 된다는 것이다. 그리고 타인이 만든 모든 과정을 극구 부인하고 그대로 살지 않을 때만이, 내가 아닌 파멸로서 나를 받아들일 때, 그때야 진정한 타협 없는 나로 드러나는 거다.

정리보다는 극복

누구나 할 수 있는 뻔한 말이면 생략하곤 했다. 그래도 연기처럼 훌훌 사라지는 글, 몇 줄 지우는 데에 이렇게나 마음이 쓰인다는 게. 해도 해도 처음이다. 글을 쓰고자 마음먹을 때보다 더 큰 소용돌이가 있는 것이었다. 바람이 소용돌이가 되고, 되려 소용돌이가 풀려 바람이 되듯이. 술술 풀린 글이 흡수돼 마음 밭의 자양분으로 쓰인다.

글감이 지워지고 지워져야 글이 되는 것이다. 되려 글쓰기를 정리된다며 늘어놓는 시간으로만 쓰는 익숙한 안타까움. 끝없이 돌아 속도를 막지 못하는 이 통상인 아픔 앞에서 쓸려 버린 정신머리에 몸서

리쳐 본다. 흩날려 부서지고 만 소용돌이를 아깝지 않아 하는 용기가 감춰진 나를 솟아오르게 한다며.

근래 깨달은 것이 있다면 글은 정리보다는 극복이라는 것이다. 악조건이나 고생 따위는 절대적으로 주어지기에. 나의 속도를 찾는 시간이 부족하다면 도로 이기며 회복하는 것에 대한 의의. 삶의 형편을 알고 지금의 위치로 돌아가려는, 서 있는 곳으로 출발점을 바꾸려는, 생기 있는 돌파가 곧 글이라는 것이다.

파도라고도 그렇다고 우주라고 하기엔

무엇이든 내 것으로 정해 놓지 않아야 자유로이 사랑할 수 있다. 단번에 말하는 그릇이기에는 가늠하기 부적절할 정도로 사랑은 큰지라. 오래도록 그 이름에 담가 놓기만 가능해진다. 파도라고 그렇다고 우주라고도 하기엔 버금갈 수 없는 당신은 존재만으로도 그 이상을 주는지 모른다.

스노보드를 탔다. 살얼음판 위에서 벌벌 떨면서 느낀 것이 있다면, 우리는 그대로 존재하며 발 닿는 대로 시간을 빌려 타고 있는 와중일지 모르겠다고. 무서운 나머지 처음엔 내리면서 생각한다. 의문을 말끔히 정리하지 못한 채 다시 보드에 시선이 가고 지금 내 밑으로 강하게 갈라지는 물, 눈이 우주가 줄 수 없는 것들로 바뀌는 형용할 수 없음의 변화. 한계의 즈려 밟힌 내가 무중력 상태로 얼마만큼 궤멸할지 정하지 못한 채 시작하는 일. 이 감각이 지속해갈 힘이지 않을까. 끝없이 나를 객관화하는 대상의 방법으로 깨부수어야 그때만큼은 진정한 본연의 모습일지도. 깨부수어진 상황이 더 고유하기에 사랑이 없다고 느끼는 것임을.

먼저 사랑을 하면 우주 이상을 주지만 사랑이 되면 빈방에 정처 없이 맴돈다. 사랑을 발각시키려 노력할수록 유기가 된다. 허물을 담고는 그 무엇도 안아 줄 수 없기에 기대와는 또 달리 정중히 비워 둬야 한다. 한때 나는 비어 있는 공간마저 소유하려 했었으니, 지금도 지금의 나를 가지려 드는 것 같다가도 가지려 드는 시간에만 심취한다.

말하자면 배회는 오로지 나에게서 멈춰야 한다. 계속 가다가는 죽는 것과 마찬가지로 나조차도 가질 수 없다는 것을 알게 되기 직전까지 살지 않을까. 왜 그토록 흐르지 말라고 다그칠까. 사랑 빼고 다 할 수 있지만, 죽은 후에는 물살 없이 마음껏 이 속을 영영 들여다보지도 가까이하지도 못하는 연유에서일까.

존재만으로도 사랑할 수 있는데 그런데 왜 소유하는 것부터 배울까.

자발적인 흔들림

계절이 시작하기도 전에 끝난 기분이다. 따뜻하게만 포장해 놓은 이 마음이 들통나서 나만큼 변덕스러운 인간이 있을까. 변덕스러운 것들은 가져갈 수 없는데 우리가 입고 갈 것은 그대로 남겨진 말과 행동 수치심 부끄러움의 몫을 아는 것이 부귀영화다. 부끄러움을 아는 것들은 소리 없이 아름답다. 소리 없이 변화하는 것은 쉽게 아름다워지지 않으니까. 쉽게 만들어지지 않은 만큼 쉽게 얼룩지지도 않는다. 그대로 있다고 그대로 멈춰 있는 것이 아닌 그대로 있다가 있는 그대로 거두는 거다. 스스로 흔들지 못하고 있으면 흔들린다. 자발적인 흔들림이 없으면 무너진다.

개성이라는 숙제

틀림없이 우리에게는 개성이란 숙제가 주어진다. 스스로 풀어야 되는 삶의 본분이다. 흔들리는 곳에 서 있으면 자주 그렇게 와닿는다. 저마다 개체는 사회 전체와 결집될수록 다른 개체로부터 독자적인 테두리를 뜯어내려 쓰임새를 갈구하는 거다. 타인을 향한 절규가 찢어진다는 것이다. 그 과정엔 설명 없이 태어난 모조품이 생기고 온데간데없는 설명만 늘어놓던. 번지르르 줄 긋는 데에 국한되어 기생하는 모습도 있다. 그리고 끝내 모방을 추론한 개인은 다른 것과는 확실히 구별된. 더 이상의 분할 불가능한 영역으로 자신을 거두고 있는 누군가도 있다. 여기서 고정된 삶의 개최지는 완성으로 가면서 완성

될 수 없다는 미완의 의미를 행함으로 인정하는 것이지만, 임의로 구별한 것을 확실히 구별해 놓는 것. 이것이 존재의 본분이자 곧 개성이다.

겉보기에는 푸르른 당신이 어제와 그제는 어디를 살았든 무엇을 기준으로 성찰하는지 묻는다. 색 없는 성품으로 생을 전전한다면, 이보다 더한 불행이 있을까 싶다. 우리 삶은 닥쳐서 결정하기엔 그토록 촉박한 것을 안다. 힘겹게 매 초침이 부러져 다시 수놓을 것도 안다. 그러면서도 독립적인 행실로 쌓인 철저한 이 모든 과정이 다시 홀로되기 위함이라니. 참 고독하면서 외롭다고 착각하기 쉽다. 이러한 사실을 견뎌 내기를 두려워하면 안 된다는데. 그럼에도 포기하지 말고 빈 살갗을 치고받아야 한다. 최악의 상황일 때 끊기지 않는 저마다의 자화상을 그려야 한다. 외쳐진 방향으로 외치기를 멈추지 않는 사이. 치닫는 사이가 전부 개성이 부릴 수 있는 울림이니까.

개성이 역부족한 한자리에 고정되지 않았을지

도. 어물쩍 물렁거리는 자신을 한탄하는 모습이 차선책은 아니다. 쓰디쓴 약초가 필요한 거다. 그마저도 아니라면 누군가가 주워 내게 뒤통수를 날리게 둔다. 사라지는 것들로 나를 영위하는 짓은 그만둬야 하고. 울림이 큰 것들만 골라 마음을 진동시키면 안 된다. 모두 희생으로 밖에 짓누르지 못한 포기함과 아쉬움으로 나를 짓누르는 슬픔의 자살행위가 된다. 모든 선상에서 감정 없이 추모하는 날들도 이제는 못을 박아야 한다. 소멸의 곁에서 머물 자리를 마련하기 위해선 신음으로 그 망치를 깨야 된다. 다시금 흩트려진 웃음으로 비교할 수 없는 확신이 연관 지어 꿈틀대게끔.

수오재기

'나를 잘못 간직했다가 나를 잃은 것이다.' 수오재기에서 정약용 선생님은 나를 간직한다는 표현을 쓰셨다. 잘 간직함은 내가 남겨 놓은 것이고. 잘못 간직함은 나로 남겨진 것이리라. 그럼 나는 내 선택으로, 나를 남길 수도 나로 남겨질 수도 있게 할 수 있다는 말인가. 그런즉, 스스로가 스스로에게 자신을 떠나보내고, 떠나가고 있는 순간을 넌지시 알릴 수 있다는 것이라. 반대로 말하면 나 자신을 떠나보내는 것을 방임할 수도 나 자신이 떠나가는 것을 방임할 수도 있다. 그렇다면 나를 잘 간직하여 나를 얻는 것이란 무엇일까. 나 자신 모두를 떠나보내도 아무도 떠나지 않은 나다.

부풀어 떵떵거린 오만

좌절의 씻기니 양동이 속 찬물만 남았다. 그윽하게 보니 인간적인 기대와 희망 그리고 부풀어 떵떵거린 오만. 나의 욕망의 전차, 그 캄캄한 궤적이 앞다퉈 한숨에 풀리지 않고 적시 차올라야 되는 곳에 스며들지 않자 원망할 것 없나 찾는다. 멀리 차가워진 것들을 냉렬히 죽게 만들기에는 완곡하게 앉아 있는 삶의 주변이 많아서. 처음 보는 나와 앉히는 대로 앉아 있다. 왜인지, 왜 살아가야 하는지 알겠다 말하고 그럼에도 움직임과 행동은 몰라서 나아가지만 흔들린다.

자신과의 인터뷰

머릿속에 적은 글은 어느샌가 가벼이 날아가 버린다. 무거운 추를 달아 놓지 않아서였을까. 그래도 굳이 '영영'이라는 표현은 붙이고 싶지 않다. 철 지난 새들처럼 줄지어 돌아오기도 하니까. 미묘한 차이지만 어깨를 펴고 나는 듯 보인다. 날아 버린 글은 없어지지 않고 이 안에서 동면 혹은 정확함으로 축적되고 있다. 고개를 묻고 기다린 끝에 서다. 글로 내보내지 못했다면 수북한 털들을 떼어 낸 여린 입맞춤으로 표시한다던. 글은 마음이 있는 곳에서 마음으로 추적인다. 책을 쓰면서 좋았던 부분을 꼽자면 곧 마음 안에서 노는 것이다. 내 마음에서 놀아나는 것이 자신과의 인터뷰다. 누구는 이 시간을 자신과의 대화라고 칭하지만 답하지 못할 질문을 내가 먼저 연습해 놓으면 그보다 더 강인한 내면은 없달까. 하물며 답을 먼저 하고 질문을 뒤로하던 이름 지운 대화가 아직도 맴돌 것을 떠올린다. 나를 찾아 떠난다는 여행의 소모품은 글에서 준비할 수 있기에. 그런 의미에서 책은 최고의 인터뷰다.

마음의 잔상

여린 두 손을 모아 깍지를 낀다. 손가락이 다른 손가락의 따뜻함을 느낄 때에는 왼손 엄지손가락이 올라가는 쪽을 더 선호한다. 손가락이 손가락 위에 얹혀 사랑을 나누는 것이다. 마치 부디낀 서로를 알아보고 고통을 얹어 놓아야 후련한 인간의 그릇된 행동일지도.

부모로부터 자식들에게서 후련함을 찾는다. 짧은 후련함으로 비롯되는 한숨과 시간, 붉어진 잔뼈 위에 눈물이 빠득 쌓이겠다. 흐른 후회보다 주름 안으로 스며든 눈물이 손을 퉁퉁 붓게 한다. 그 위에 턱을 괴고 곰곰이 생각하며 새벽을 거스르는지도.

뿌옇게 핀 안개에서 무엇을 울리고 왔는지 증명할 순 없어도 가까이에 맴도는 마음의 잔상은 지속된다.

눈물 가지고도 안 되는 게 있다. 간절함이라는 무기는 사람을 살려 놓고만 가니까. 가야 할 때를 놓치고 지난 고통까지 사무침으로 더러 주니까. 우린 모두 이기심의 수고만 기억한 채 사는 미약한 인간이 아닐까. 영혼 깊숙이 도달하기까지의 여정이 또 어떤 괴리를 잠식하고 있을지. 무릇 나는 무책임과 탄식의 손뼉을 칠 수밖에. 가뜩이나 부모도 자식도 가져갈 수 없는 세상에서 모든 기도가 본인을 위한 것임을 알아 버린 아이의 동공이 슬프다.

봉고차 뒷좌석

아직도 봉고차 뒷좌석, 그 퀴퀴한 자리에 구겨 앉으면 식은땀을 흘린다. 무릎조차 펼 수 없는 삶의 집약. 그러한 자세로 한참을 가야 된다는 출발자의 대답을 들으면 도저히 버티지 못할 것 같은 불안감이 가장 어린 두려움마저 앞선다. 그때마다 할 수 있는 것은 고작, 꽉 막힌 차량 유리 사이로 새 버려 정처 없이 시근시근 속도를 주었던. 바깥바람과 소량의 실종자로서 그 뺨을 맡기는 것뿐이다. 어찌 두려운 마음보다 빠른 것이 있어서 나의 여럿을 쓸어 담고 가는 건지. 계획된 서늘함으로 잠재되어 있는 아무것을 늘 쉽게 놓아주고 있다. 검열하지 못한 일상의 낭떠러지가 숨 가쁜 열병처럼. 다가온다.

타인의 언어

어둑한 무언가가 찾아온 것처럼 느껴질 때엔 비단, 찾아보지 않은 데에서 비롯될 때가 더 많다. 어렵게 찾아보지 않아 남겨 놓았던 것은 후에 쉽게 찾아지지가 않는 거니까. 두려움, 불안, 사랑 등 언어에 따라 꽁꽁 숨겨 놓은 관념어가 타인의 언어와 충돌하여 발현되기 시작하면 찾아온 것인 양 새롭게 받아들여진다. 찾아온 것과 새로운 것은 완전히 다른 차원인데도 불구하고. 오롯이 두려움을 이기는 방법은 초대받기 전에 그곳으로 들어가는 것이리라.

경지로부터 달아나기

'나는 아직 한참 멀었나 보다.' 근래 이 부정적인 문장이 내게 주기에 가장 편한 말 같아서 공유한다. 그곳으로부터 아직은 멀리 있다는 그 말이 내가 얼마나 고군분투하고 있거나, 어떤 기준점에서 모자라 높은 경지 근처도 가지 못한 사람처럼 느껴졌었는데. 요사이 뒤집어 사유하니 경지로 오르고만 있는 것이 아니라 경지로부터 달아나는 중이구나 안심하게 되는 거다. 나는 본래가 관계로부터 멀어져 있었고 마음 자체로 일정하게 있었기에. 언젠가 다다른 곳에서 허탈을 감당하지 못하게 일찌감치 그 경지에서 더욱 달아나 거리를 멀게 두는 거다. 무엇이 무엇으로 느낄 수 있는 가까움보다 멀다고 느껴지는 이곳이. 이곳에서의 나를 더 가까이해 주고 있다는 것을 안다.

환멸

나를 알아가는 재미는 여전히 쏠쏠하다. 언젠가 이 한 문장을 남겼던 것 같은데. 그건 아마 반복적으로 겪는 도돌이표의 감정과 희열이 있었기 때문이지 않을까. 내가 이렇게나 가증스럽고 모난 존재였다니. 치달은 감정선에 타인과 들이박고 마음의 무력감을 느낄 때면 스스로 통제하지 못한 나약함과 환멸을 동시에 느끼는 거다.

환멸이란 단어는 너에게서 배웠음에도 불구하고 나 자신에게 쓸 때나 아주 적합한 모순이다. 그 모순을 동여매고 오늘도 원초적인 애정과 신뢰를 받으며 왜 사랑을 구하고 있는지 구체적으로 설명할 수가 없다. 그런데도 오류가 난 입으로 너를 오늘이 라고 말하는 무작정의 순간이 애석하게도 만연하다.

쓰면서도 시시각각 변하는 마음의 오류가 죄는 아닐 것이다. 그저 나는, 허점투성이인 나를 이해하지 못하게 하는 부류 중 하나일지 모르겠다. 그러니까 상대도 마찬가지일 테고, 언제인지 모르는 아름다움 그 끝까지 어느 정도의 다짐과 수고로 일관하는 또 다른 나로 인정해 주는 것이 맞다. 우린 계속해서 여려지고 싶어 하고, 절박한 사람에게 다정하게 표현하지 못하는 고질적인 문제의 병을 가진 사람인들 하지만.

알게 모르게 그들은 훨씬 더 많은 마음의 발현으로 각자의 공간을 정돈하고 있으니 성실히 아껴 주고 다독여 주자. 더는 사랑을 구하지 말고 사랑을 내색하자.

상실 유종

그 누구건 무엇이건 간에 조각도 찾아볼 수 없을 만큼 박살 날 때가 있습니다. 꺼져가는 시간을 두려워하고, 떨어지기 직전에는 아무 일 없었던 것처럼 빠르게 입을 닫았던. 더 이상 모른다는 말로는 넘어갈 수가 없었습니다. 그때는 외면하려 했지만 지금 돌이켜 보면 깨지면서 깨어나는 과정이 있고, 나를 구현해 내는 의식이 꼭 필요했을 것입니다.

비상구

들어가는 입구가 있으면 나가는 출구도 있다. 그 곳으로 들어가기 전, 생각해 봐야 하는 것은 나가는 문이 아니라 나갈 때에 그 모습이겠다. 재빠르게 모면하려는 나의 모습이 어떠할지 말이다.

눈칫밥

수시로 남을 확인하는 습관이 생긴 것 같다. 누군가 잘 살기 원하는 마음보다는 누군가 잘 사는 것 같아 보이면 내가 못 사는 것 같고. 누군가 못 사는 것 같아 보이면 내가 또 잘 사는 것 같아서. 누군가 잘 되기 원하는 마음보다는 누군가 잘하고 있으면 내가 못하는 것 같고. 누군가 못하는 것 같으면 내가 잘하고 있을 거라는. 언제부터였을까 누구보다 까 내리기에 탁월한 사람. 도대체 언제부터 자신을 나 자신이라고 말하는 게 불편해졌던 걸까. 모자를 푹 눌러쓰고 있는 시간을 불필요하게 여겼던 시간이 불필요했을까 하고 되돌아본다.

자화상

고등학교 때 동경하는 친구가 있었다. 잘 모르지만, 제대로 말을 섞어 본 적도 없지만. 그 사회가 워낙 좁아 사람에 관하여 익히 들었던 소문과 칭찬. 지나가다 한 번쯤 인사는 했던 것 같기도 하다. 다시 말해 수수한 외모와 큰 키 그리고 잘난 친구들이. 무엇보다 세간에 예술적 재능을 인정받는 것이 부러웠다. 그래 맞아, 자화상. 어린 그는 어떻게든 자화상을 완성했었다. 당시 나는 열등감의 절정에 가 있었고 내가 그려 보지 않았던 것들을 갈구하고 있었는지 모른다. 그렇게 그때 나를 잊고 살은지 오래, 연락이 왔다. 메시지였다. 나를 기억하는지 모르겠다고, 네가 가끔 올리는 글들이 너무 좋다는 내용이었다. 나는 그가 나의 글을 읽고 있었는지 눈치채지 못했을뿐더러 어떠한 영향을 끼치고 있다는 사실에 놀랐다. 이 놀란 감정이 내가 어떠한 우위를 가지게 되었다기보다. 거울에 비춘 확실한 걸림은, 동경했던 친구 또한 한동안 멈춰 있지 않아도 떠다니는 불안에 갇혀 지냈고. 나처럼 멈춰 있기가 두려워 멈춰 있기를 불안해하는, 같음으로 삶을 담론하는 인간이구나 하고 털어 내게 될 뿐이었다. 지금에서야 하는 말이지만 고등학생의 나는 그에게서 무엇을, 그는 나로부터 무엇을 찾기 원했던 것일까. 아마 지금의 행보가 글로 자화상을 그리고 있는 중은 아닐지 충분히 의구심을 가지게 되는 것이다.

말하는 것이 배설이라면

대화로 정리가 되는 것은 양심이 트여서다. 말하는 것이 배설이라면, 결심으로 미뤄 숨긴 양심의 붙은 온갖 것을 떼 내는 작업이겠다. 내가 아닌 잡다한 것들이 물러가고, 전적으로 솔직한 마음이 청량하게 트이는 것. 양심은 듣는 것이 아니기에 그 소리를 저절로 들어 순환되게 하는 것이 아니라 그 이상의 이데올로기를 내보내며 살아가는 것일 테다. 지금의 보이고픈 환희가 좋아 보여 갖가지 타인을 품는 일종의 만연한 행위는 배설이 아니니까. 대화는 그 대상과 이어져 양심의 뿌려진 나를 모두 찾는 노 젓기일 뿐이니까. 공허하고 광활하게 흩어지는 지금이 지나간 후에 나로 버려지는 것들을 제대로 찾으면 고통의 거주를 혹 진짜 양심으로 지적하기를.

극한의 존재

나를 찾아다닐 때는 그 어떤 과거의 나라도 막을 수 없다. 가장 즐거운 길이 무엇으로 정해지는지 알고 태어났으니까. 나를 찾겠다는데 타인의 정해진 꽁무니를 왜 따라다닐 필요가 왜 있겠는가. 내가 없는 것 같음에도 숨 쉬고 없을 것 알면서도 기웃. 폭을 늘린다. 드디어 나를 찾았다고 말할 수 있는 깨달음의 손이 눈을 벌리고 있음이려나. 평생을 알 것 같았다고, 얼핏 본 것 같다고 해야 하는 그때의 입이 지금 나일까. 사람은 죽어가기를 즐겨야 한다. 의문을 느끼면서도 꿈의 범위를 나타내는 선을 지우는 것이 사람. 극한의 상황에서 눈을 뜨고 짜릿할 수 있는 유일한 존재다. 각자 고집의 원한을 채울 때까지 숨을 가지고 뛰어내릴 테니까. 우리는 해악 끝에서야 말을 듣는다. 한계의 무엇이 본디 내가 있던 형편으로 돌아가 나를 유지한 채 간격으로 두던. 시간과 상관없이 벌어질 수 있는 영역. 혐오를 넘는다는 것은 결국 나와 그 사이. 조여 있는 경계를 푸는 일이다.

빛의 냉철함과 냉장고의 고주파 소음

첫 시집을 구상할 때에 나는 실제로 원룸을 거닐었었다. 그때에는 들어온 빛의 냉철함과 냉장고의 고주파 소음이 주의 깊게 들려서 가만히 있을 수가 없었다. 뭐랄까 방 전체를 품어서 그랬는지, 한가로이 거니는 표현이 언뜻 나에게는 사색에 빠져 걷고 있었는지도 잊은 듯한 어떤 한 사람으로 각인되곤 했다. 삶을 얼마나 걸었는지 또 얼마나 걸을 것인지 모르는 인간의 모습으로 딱 적당해 보여서다.

때론 내뱉기도 전에 머릿속으로 그려지는 인간의 정함이 무섭다. 나를 익숙하고 아무렇지 않게 살아가라고 재촉하는 외면의 산물 풍년이다. 다들 그렇지만 머리로는 알고 있어도 그 뜻이 다르게 받아들여지는 것은 어째서 신비하지 않을 수 없다. 오랜 단어의 오해는 어려움을 좋아하는 어리석음의 일환이니까. 생각해 보면 해당 글자들과 충분한 관계를 나누었다고도 할 수 있겠지만, 그래도 친숙한 것과 친밀한 것은 다른 문제다. 매일을 새겨진 단어를 바꿔 들어 정확한 언어로 표현하는 연습이 필요한 것이다.

다시 집 안을 걷는데 왜 아득한 구석으로 가는 것일까. 어느 모서리에 돌출된 홀연의 세계. 이번엔 무엇을 봐야 하고 무엇을 적지 말아야 할까. 수십, 수백 번 같은 방바닥 위에 나약함을 바탕으로 되살아나는 직립 연습을 하고 있는다.

당신의 언어로 귀결된다

눈물의 안녕은 언어가 전하는 악수이다. 당사자도 모르는 그 사람 고유의 언어. 배우지 않고 읽히기만 하는 언어는 남아 평생을 괴롭힐 수도. 언어의 차이는 참으로 미묘한 채로 그 자리에 앉는다. 눕는다. 엎드린다. 빠지고, 헤엄친다. 그래서 중심을 가진 사랑을 통해서 발현된다. 그렇기에 나의 언어는 모든 것을 통해 전달되면서 때에 달라진다. 눈물이 나기 전에 하는 말, 고이면서 하는 말, 흐르면서 하는 말. 그리고 흘리고 나서 하는 말. 당신의 언어란 나의 모든 것이다.

각색된 의미

나는 내 의미 안에서만 존재한다. 나는 내 의미 안에서만 살기에 내 의미 안에서 다른 이를 찾을 수 없고, 다른 이의 의미 안에서도 나를 찾을 수 없다. 저마다 의미를 부여한 세계가 있기에 다른 이의 세계관에서 존재를 발굴해 봤자 언뜻조차 모조리 각색된 의미의 타인일 것이다.

사랑의 목격

헛것을 좇는 사람은 아무 문장에나 의미 부여되기 쉽다. 어떠한 마음으로 심장에 줄을 그었는지 모른다 한들 애석하게도 마음의 남은 무언가를 해치우면서 동시에 채우고 싶었던 심정이다. 그때 당시를 설명하자면 무시할 수 있는 과거의 좋은 무언가만 받아들이면서 현재를 채우기에 급급했었다. 그러다 보니 이루 말할 수 없는 허상에 갇혀 다시 구부러진 파도의 선상에 슬픔을 세우고 무너뜨리는 짓을 반복하였지 그게 상실인지도 모른 채. 사랑은 채워지는 것이 아닌 새겨지는 것이고 현재에서 현재로 나의 존재 가치와 의미를 찾는 것이면서 계속해 무언가 남기지 않는 유일한 방법인 것을. 그녀는 나에게 사랑하면서도 나를 바라볼 수 있는 목격을 일깨워 준다. 모든 과거 상실은 더 가까이, 사랑을 기적으로 여기면서 충분히 누리고 반드시 직면하자던. 아낌없는 말과 꾸밈없는 하루가 본이 되어 다시 하루를 깨우치도록 일깨워 준 약동은 아닐까. 여전한 하루를 모난 날로 만들기도 하고 갖가지 삶의 질문을 마주하는 데 오래 걸리는 것을 알고 있지만. 그럼에도, 나를 끄집어내기 위해 거대한 물방울로 통통 튀어 준 귀한 그녀를 향한 말로 다 할 수 없는 고마움이 있음을. 나의 허상과 상대방의 허상이 열등하게도 어리석게도 느껴지지 않는 그녀가 말했던 언젠가의 두 실루엣이 나풀나풀 목격된 줄 믿으며.

반대 상황에 몰두

누군가를 탓하고 싶을 때는 상황을 보면 된다. 감정이 앞서 사람을 멀리하려 애쓰기보단 반대로 상황에 몰두하는 거다. 주어진 상황들은 늘 흐름이 있어 펼쳐지기도 줄어들기도 하니까. 여기서 주요한 맹점은 상황을, 내가 되어 가는 과정으로 여기는 것이다. 긍정도 부정도 아닌 내가 되어 가는 순간으로 상황을 바로잡으면, 때에 상황은 모면이 아닌 효력이 되는 것이다.

해방은 역행

삶은 영원의 해방이다. 삶이란 영원에서 분리된 무늬의 형태를 띠면서 그 끝은 반대로 간다. 절대적인 난입에 의해 무한궤도에서 떨어져 나가는 거다.

영원의 선상에서 떼어진 주체는 두려움과 불안감을 가지고 태어난다. 우주 팽창의 한통속이던 완전치 못한 그 타임라인에서 벗어나고 싶고, 무언가로부터 털어 내고 싶은 것은 당연한 이치이다. 하물며 나를 배웅한 곳에서는 자유로울 수 없고 유영으로부터 초연해야 한다는 부담감이 늘 있다. 그러니 어긋난 세상에서 적응이라는 이름의 망상으로 숨을 이어가는 매일매일의 낯선 존재이다.

그런 의미에서 인간의 삶은 영원을 역행해 볼 수 있는, 다시 말해. 영원한 곳에서 해볼 수 없는 것들을 누빌 수 있는 대행자 노릇을 하는 것이다. 그러므로 영원을 인간의 필요 욕구로 가득 채워진 혹은 안식처의 유희라고 타협해 버리면 곧이어 공허와 허무의 지속성을 수반한 무질서밖에 될 수 없다. 이에 반해 끝이 있는 삶은 경계와 질서가 있으며 자명한 모습과 상관없이 거칠게 공명이 가능한 두려움만 주어진다. 지극히 개인에게 있어 감당할 수 있을 만큼 과잉이 잔존하기에 소중한 줄을 아는 거다.

살아가는데 지속적인 해방이 있으려면 질서가 필요하다. 인생의 소용돌이, 눈의 유효는 어느 정도의 관여와 두려움 그리고 불안감을 함의한다. 다함없이 가치와 신념을 지켜 나가려면 안정적인 그릇 내에서 뛰쳐나가 독립하는, 허다한 질서 안으로 들어가 안주하는 등의 균형 잡힌 모순이 동시다발적으로 있어야 가능한 일이다.

하여 영원은 강화될 수 없기에 시작과 끝의 근원

인 아름다움을 모르고 지나친다. 결코, 시간은 아름답지만 아름다움은 시간이 아닌 것을.

헐벗은

내 삶은 제대로 된 사과를 하지 않고 넘어가기 일쑤다. 나에게도 그렇고 가장 가까운 사람에게 더 하면 더했지 모자라지는 않다. 막상 시간이 흘러가면 알아서 해결되진 않을까, 그 간격이 좁혀지진 않을까, 누군가 나서서 나를 돌봐 주진 않을까 하는 이기적인 권태에 익숙해진다. 먼저 사과받는 것이 아주 당연한 태도로. 느닷없이 애라고 부르는 사람에게서 보다 성숙함을 느낀다. 자존심을 지키는 것이 나를 지키는 거라 생각하고, 썩 엉성한 욕심을 가장 먼저 모험하는. 그 불명예가 초라하고 부끄러웠기에. 여러모로 피해를 주는 행동보다는, 생각하지 않고 뱉어 상처 준 말보다는, 목에 걸린 가시가 한참이나 중요한 거다. 사과를 받기 위해 열을 올리며 고집을 부리는 것이 골몰. 타인에 의해 벗겨진 나를 이겨서 무엇이 남았을까. 나의 이기심이 나를 더 후회하게 만든다. 그녀와의 지평선에서 괴로움을 떠넘긴 여러 중의적인 분주함이 겹쳐 들어서 면밀히 적는다. 나를 토해 내는 거다.

반영

오후에 탔던 광역버스엔 유독 창밖을 내다보는 사람들이 많았다. 삐딱한 청년부터 점잖은 어르신까지, 가뜩이나 맘 졸이는 자리에선 무엇을 들이느냐에 따라 행복의 두께가 달라진다. 지나가는 것들이 괴로워하는 것들을 얇고 두껍게 괴롭혀서인지. 하물며 마음속으로 추악하게 지나는 것들을 잘 보내 주는 것이 고통이면서도 하나의 욕구로 수반되지 않는가. 그러니까 행복과 불행은 길고 짧은 것 없이 그 언제나 벼랑으로 있어야 되는 것이다. 흔적으로 삶을 영유하는 것이 인간이고, 고통을 받지 못한 인간은 죽은 것일 테니까. 그렇게 해야 본디 시선 너머 그들의 애를 태운 고요가 온전함이었구나

하고, 용맹스러운 내일로 이어진다. 버스가 터미널 안으로 들어서자 그 얼굴이 족족 비추었고, 창가에 이들은 약속이나 한 듯 하나같이 어두움을 외면한다. 손에 무언가는 쥐고 있었고 불안한 표정의 스스로를 가둬 두듯이. 왜 반대 차선의 차들처럼 바라보지 않는 곳들로 달려드는지. 언제부터 마주하는 것이 그토록 힘들고 부당한 것이 된 것일까.

무언의 복선

두려움이 없으면 용기 낼 수 없을 거고 불안이 없으면 구체적인 안온함도 와닿지 않을 거다. 영영 저항할 수 있는 무언의 복선이 무책임할 것이다.

그래도 인간이고 싶을 때

잘 살고 있다는 느낌을 받을 때 채워진다. 무엇보다 비교 없는 스스로의 직, 간접 체험이 있으면 더욱 충만하다. 그 도약의 저릿함은 선택을 소중히 여기는 순간의 여지에서 얻을 수 있다. 이불을 개고 나올지 말지, 옷을 말끔히 할지 말지, 때에 버릴 것을 간직할지 말지에 대한 행동을 미루지 않고 책임지는. 행복은 책임져야 지속되는 것이다. 그 주변에 뿌듯함, 만족함, 값진 일들을 다 같이 등에 얹는 것이기에. 회전되지 못하는 것들과 함께 수반될 수밖에 없다. 붙어 있던 것들이 닦이거나 씻겨 없어질 때까지 견뎌 내는 사람이 누리는 것인데. 다시 삶은 행복의 쟁취가 아니라 그 행복의 폭을 얼마나 유지

할 수 있는지에 대한 싸움이겠지. 그러기에는 모아진 하루를 다시 쪼개는 연습이 필요하고, 나를 방문하는 여유를 가지는 익살스러운 일상이 있어야 한다. 그렇다면 나의 불편은 찾아야 하는 것일까 누려야 하는 것일까. 보다 나를 남들이 보는 똑같은 눈으로 채우려 하지 않을 때만이 공허해지지 않는다. 보이는 마음은 표상의 연속된 굴곡에서 벌어지는 법. 무엇보다 구렁텅이에서 나와 객관화된 공간에서 정리하는 습관을 들여야 한다. 당연히 생을 되찾아갈 이성적인 훈련이 중요하다. 계속해서 멋진 나를 일별 해내고 다듬는 그 경작. 캐내어진 마음을 넘나드는 연습이 이토록 잘 살게 한다고 느끼도록 하는 것이다.

무음

쉽게 변하면서 또 쉽게 변하지 않는 것이 사람이다. 갈망했던 타인의 정적인 모습. 그 목적에 다다르면 이미 타인은 과거의 나로 달아나고 만다. 그토록 싫어하고 원하지 않았던 나의 거친 허물이 누군가에게는 본받을 만한 겉옷으로 보이니까. 그래서 한 치 모르는 삶을, 알 수 없는 내일을 우리의 오늘처럼 바라볼 마음을 굳게 다져야 한다. 꼭 내가 먼저 그럴 수 있기를.

일렁이는 돛을 단 범선처럼

사는 것이란 참으로 매스껍다. 한마디에 울렁거리고 한마디로 일렁이는 돛을 단 범선처럼. 그렇게 고역과 역경의 수평선을 누빈다. 우리, 사람이란 높고 낮은 경계가 허물어진 그 동시의 성질을 지니기에. 때론 길고 짧으며 또 크고 작을 것이다. 내가 하는 어떤 것이든 각도에 따라 탄식이 되고 웃음이 되니까. 나라는 방식이 엎치고 뒤처진 시간의 연속을 뜯으며 햇살로 뭉개고 있다.

당신이라는 이만큼의 눈부심을 빌려오기까지

2부

고유한 관계

끝나지 않는 고민도 어느새 잎새 무렵이 찾아옵니다. 그 끝에서는 누구나 균등하고 따위가 같아서. 우리는 가지런하지 않은 산길이나 때에 길목처럼 기울어질 대로 기울어져야 해결되었습니다. 가파른 나의 오름이 뒤를 바라볼 때 힘을 얻곤 한 것입니다. 고유한 힘은 앞에서 나오는 것이 아니라 뒤에서 나오는 법이니까요. 여기서 뒤는 뒷모습만을 말하는 것이 아닙니다. 우리, 사람의 뒤란 반대에서 오는 것이 아니라 마주 보는 모양, 위치, 방향, 순서 상관없이 모든 것들을 포함하는 것입니다. 그래서 그러한 뒤를 빤히 보고 있으면 질문이 오기도 하고 대답이 되기도 합니다. 사람은 앞으로만 판별하는 존재가 아닙니다. 해서 오로지 앞, 뒤로 구분해서는 구분하고 싶은 욕심의 부산물로 남습니다. 응당 구분하면서 동시에 구별할 수 있는 안목을 길러야 할 것입니다. 때론 무겁게 잠재워 깨우기 힘든 마음을 치켜들어 아래와 위를 아울러 보는 삶. 갈라놓은 관계가 아니라 처음부터 고유하게 나누어진 관계에 우리는 걷고 있고, 보이지 않는 것들에 의해 중심을 겸하고 있습니다. 그래서 그 아름다움을, 고유한 것들을 더 잘게 나눌 수 없었던 것입니다. 이미 한참을 가팔라진 본래 파도의 시소 결이 한쪽으로 또 다른 한쪽으로 나 같아 그저. 바라보고 있습니다.

그늘진 누움

나무는 그림자가 되면 더욱 춤을 춘다. 밑바닥에서는 그 어떤 짓이든 할 수 있는 용기가 생기는 거기에. 신나게 춤을 춰봤자 열매는 없을 거라는 찬 사람의 잠잠한 속삭임은 붙들지 말자. 나의 밑단 길이란 말로 누군가의 모순된 언행으로 싹둑 자를 수 있는 권한이 없다는 것을 분명히. 설령 내 비슷한 것들을 다 가져도 마음 하나 심하게 요동치진 못한다. 왜냐하면 거짓 음절의 되풀이로 속여 보았자 잘리지 않는 가니시가 되고, 어설픈 나로 가능한 일은 발버둥 치는 것이 마음의 전부는 아닐 테니까. 발길질할수록 쥐 난 다리가 그림자 속으로 빠져들어서, 곁 흐름에 따라 나를 데리고 춤사위를 벌이는 거지.

고여 앉은 여름의 빗 멍 앞에 모여 고운 선을 타며 당신을 배우고 단짝이 되어 보는 거다. 그림자 박자를 맞추어 놀다가 그림자이지 못한 어리석음이 어느새 여린 그리움으로 드리워진 채. 초대된 불 앞에 이글거린 장작의 템포로 바짝 화상 입은 밤이려나 혹은 헛된 망각이던가.

꽃이 될 수 없는 꽃다발

첫 주말에는 공기 좋은 산에 올랐습니다. 그렇게 그녀와 약속했기 때문이죠. 우리가 오른 그 길을 따라 잎의 색이 빛바래지고 있는 것을 보니, 이미 그 존재가 희미해지거나 볼품없어지는 것이 아니라 꼭 존재를 부정하는 것들에게 아름다움을 폭로하고 있음을. 계절도 인간의 땀으로 닿은 것이 먼저 드러나는 것은 아닐까, 고개를 숙여 저 멀리까지 올랐습니다. 맨 꼭대기. 산에게는 하늘로 향하는, 더 없는 시작일지 모르겠습니다. 산을 마주 보고 내려갈 때는 느지막하게 올라오는 사람이 많았습니다. 그중에 기억나는 사람이 있다면 꽃을 운반하는 분이셨는데. 그 찰나의 눈을 떼지 못하고 꽤 오래 바라봤습니다. 꽃을 피우러 오르는 아저씨의 모습이 이미 태어나서부터 그 자체로 꽃을 피운, 모순과 양립으로 범벅된 인간과 흡사해서 놀란 것입니다. 그렇습니다. 구태여 말하자면 인간은 특정한 하나하나의 꽃이 될 수 없는 꽃다발인 것입니다. 꽃은 꽃의 일을 하기에. 게으른 나 역시 누군가의 수고스러움으로 인해 많은 것을 누렸고, 나의 편함이 누군가가 지속적인 수고스러움을 겪는 상황이 됐음을 외면하니 부끄러워지는 것입니다. 꽃은 부끄러움을 모르지만 꽃다발은 알아서 그래서 내가 부끄러웠나 봅니다.

어둠이란

자세히 보면 어둠 속 하늘이 다르다. 완전히 감해지지 못한 밤은 그날로 어둠을 망설인다. 어둠이 어두워지기를 망설인다는 것은 암흑에겐 어떤 의미인지. 나는 전부를 어두워지지 못하면서 무엇을 망설이고 있었는가.

지는 어둠을 보고 나서야 계절이 바뀐지 안다. 아무리 하얀 하늘이 노력해도 주지 못했던 열음. 애매하다고 해서 어둠이 가려지진 않는 거다. 어두워진 하늘은 주는 만큼 어둠 속을 지키게 한다. 어둠 속에 당신은 당신만큼은 지키고 싶었음을 안다.

어둠이 어둠에게 원하는 것은 어둠 속에 살게 하는 걸까. 아님 어둠 속을 빠져나가는 걸까. 어둠이 멈춰 있던 곳이 밤이 아니었다면 지금 어둠은 숨이 멎을 거다. 어둠이 어둠으로 살지 못하더라도 밤이 아닌 적은 없었을 테니. 어둠을 소중히 여기는 사람은 껴안은 밤을 아낀다.

기어코 살아 낸다는 것

하늘을 헤쳐 나온 구름은 어떤 하늘에서도 강하다. 그렇기에 모든 순간을 기어코 산다는 것. 그 경계를 떠나 훨훨 가는 거다. 그대가 푸른 속을 다 누빌 기회를 펴 주는 것이 아닌, 그 구름의 전부를 뒤죽박죽 헤맬 자신이 생긴다. 헤맨 물 걸음이 빠져나갈 구멍을 찾기까지 저 넓게 관통한 마음 거기 빠져들어가 샅샅이 환풍이 되던. 구름은 저 하늘 밑으로만 떠다니지 않으니 바닥에 떨어지기까지 서로를 관통해 구름을 나눈다. 절반을 지났다고 밑으로 지나는 것을 함부로 탓하면 안 될 테지. 밑을 내다볼 때는 지나간 나를 걸어 놓아야 가능했으니까.

띄엄띄엄

마음도 앉아 있을 때가 있다. 윗몸을 바로 한 상태가 아니더라도 마음 위에 몸을 올려놓는다, 있는 힘을 다하여 죽음이 닿는 데까지 온 천하의 죽음이 긁혀 힘이 닿는 데까지 마음은 거기서 무게를 느끼고 있을까. 견디더라도 무게를 드러내지 않고 있을까. 일정한 자리, 일정한 곳, 일정한 삶에 꽉꽉 채우고 있는 것은 무엇일까. 모든 것이 나라면서 그럼 나는 언제부터 나였을까. 삶이 막힌 모양을 슬픔과 괴로움 따위로 설명할 수 있을까. 이제 걸어야 할 다리는 띄엄띄엄 놓아 만든 징검돌이 아니라 징검다리 사이이다. 발자국 겹치지 않아 어렴풋한 시선과 물렁이는 햇빛. 다음으로 연결되는 흐릿함과 희

미함 어렴풋한 소리마저 다 아리송하게 끝나지는
않아서 누군가의 기합으로 남는다.

유려한

물든 것보다 물들어가는 것을 보는 것이 유려하다. 사람도 그랬다. 시든다는 것은 포기하는 것이 아닌 완성된 상태의 표본, 물들기 이전으로 빵빵 도는 아름다움의 크기. 쑥스러워진 빛깔이 옮아 삶에 묻어가고 있다는 푸석푸석한 사실이려나.

빛의 결정권

하루는 충분히 어둡다. 그 하루의 실격을 모른다 하고 싶을 뿐이지 역시나 그럴 거다. 한 사람을 빛으로 둔다면, 내가 얼마나 어두운 사람인지 알게 되는 것처럼. 빛 앞에서는 어둡다는 말 밖에 그저 반복할 수 없는 것이다. 허투루 빛을 운운하면 상대는 그저 그러한 빛만 되기 마련인데. 왜 자꾸 스스로 빛이 되려 잘 볼 수 없기를 반복하는지. 빛의 결정권이 사랑하는 누군가에게 있는 것을 잊은 채였다. 확실히 우리는 영영 빛이 될 수 없고, 누군가에게 빛이 되어 줄 수만 있다는 건데. 그렇지만 동시에 빛이 되어 주면서 그 상대도 빛으로 존재할 수 있겠다. 나와 전혀 다른 고유한 빛으로. 우리는 두 개의

빛인 척. 빛인 줄 믿으며 부드럽고 연약하게 속고
속이는 새카만 빛이다.

소멸되지 않을

위로의 말을 건네야 되는데, 표현하고 싶은 마음이 다 옮겨지지 않은 것 같아 속상하다. 위로란 어여쁜 상처의 치유가 아니고 읽어 낼 줄 아는 침묵일 텐데. 답 줄의 괄호 안은 빌려 온 말들이 뻔하게 즐비해서 지난 발자국이 부끄러운걸. 그럼에도 미안한 그대, 마음의 결함까지 깊이 나무라지 않으면 좋겠어. 그 옆에 머무는 그대의 존재들이 그대만큼이나 꼬박꼬박. 의미와 통증을 감당하고 있음을 말이야. 그럼에도 되감을 수 없다면, 말 저편의 의미가 한 사람의 힘이 되기를 간절히 응원해. 우리, 긍정의 자극은 소멸되지 않고 눈빛과 진귀한 작품이 될 거야.

좋아함이 좋아함으로만 남았을 때

비 맞는 것이 싫었다. 빗방울이 정수리나 어깨로 떨어지는 날이면 흰 물감 위에 검은 눈동자가 적셔지듯, 놀란 눈을 하고 있다. 왜 나는 그토록 비 맞는 것이 싫었는지. 특별한 이유를 두어 줄지어 답해달라 하면 말할 수 있던 건 아니다. 왜인지 지금의 나라면 다시 빗속으로 들어가도 괜찮지 않을까. 그러면서 문득 이런 생각이 스쳤었다. 지금까지 견뎌 온 나라면 해낼 수 있지 않을까 하고. 비 맞는 것을 죽도록 싫어하는 나는 누군가의 말림에 불구하고 내리는 소나기 안으로 들어갔다.

어쩌면 지금의 나라는 사람은, 변화하고픈 이유

에 초점을 맞출 수 있으려나. 어린 그때와 같은 모습일지라도 좀 더 오목한 모양을 가진 채 임해 본다. 좋아하는 이유만큼이나 이유 없이 싫어하는 이유를 알고 싶어서다. 과거의 나는 어떠한 모습으로 달라졌는지 누군가 말하기 전에 먼저 찾아보는 중이라면 적절하겠다. 그 누구보다 가까운 곳에서 나를 찾으려고 사는 중이니까.

이유를 외면하는 그것만큼이나 비겁한 것은 없다. 지나 버린 이유를 생각할 시간이 오지 않으면 내가 그 시간을 어떻게든 두는 거다. 꼭 적셔야 하는 비는 기분이 나쁨보다는 좋아함을 자라나게 해서. 좋아함 깊숙이 배우기 위해서는 다시 한번 싫어하는 일에 뛰어들어 몰두해 보는 순간이 도래한다는 것을. 그때는 어정쩡하게 젖어 보지 않음을 탓했지만, 흠뻑 적셔지니 각자 젖은 사람들이 눈에 띄더라. 젖은 상태로는 굳이 위하는 말을 찾지 않아도 말이 된다. 비에 젖은 누군가를 멀리서 보는 것만으로도 살게 하니까. 불현듯 헷갈리고 막막함이 우르르 몰려오면 빗속으로 들어가는 거다. 비에 젖고 뒤

늦게 우산을 펼지라도.

소나기가 생각보다 빨리 그쳤다. 내리던 빗줄기 사이로 햇살이 보여서 모두가 비 냄새 하나로 이렇게나 이모저모 사는구나 하고 마음이 가벼워졌다. 같은 비를 걸으면서도 내 마음이 이렇게나 달라져 있음을 깨달으니 좋아함도 한편의 좋아함으로만 크레디트를 올리면 편집되거나 미공개가 되겠다며 또 달려 본다.

누군가의 송정해변

작년 여름은 송정해변에 갔었습니다. 잔잔히 우는 바다, 미동 없는 모래 그리고 싹둑싹둑 스산히 잘려 오는 바람 소리. 애꿎은 날씨 탓인지 오늘따라 당신은 선명합니다.

그날은 대형카페에 갔었습니다. 맛있는 디저트에 눈이 휘둥그레. 우리의 눈빛은 메뉴판을 향해 작열했습니다. 그런 순간도 잠시 쿵 소리에 뒤를 바라보니 출구를 찾지 못하는 작은 새 한 마리가 여러 차례 몸을 부딪쳤는지. 떨어진 깃털과 함께 망연자실하고 있었습니다. 저기가 창문이고 저기가 통로라며 나의 눈으로만 설명하던 비겁한 지난날들. 사실 내가 틀렸습니다.

나도 누군가의 기준으로 나를 바라볼 때가 많습니다. 너는 이것을 더 잘하는 것 같고. 그거에 비해 이것은 못하는 것 같아. 너는 이것은 잘하면서 왜 이것은 부족하니. 누군가의 막대기 길이에 쉽게 현혹될수록 나의 막대기는 하늘로 향합니다. 잣대의 역할은 하늘로 솟구치는 것이 아닌 다시 바닥으로 쓰러지어 방향을 정하는 것인데도. 작아질 때가 참 많았죠.

마음이 훤히 보이는데도 유리문을 두드릴 때가 있습니다. 그럼에도 돌파구를 찾지 못하고 수없이 바닥으로 떨어집니다. 그래도. 그래도 다시. 다시 쓰러지려 합니다.

애써

애써 나를 미루고 바라보지 않는 것만큼 큰 시간 낭비는 없어요. 나를 지키려면 먼저 내가 누군지 알아야지요.

꽃이 지는 날

우리의 삶은 늘 부진하다. 때로는 원하지 않는 곳으로 꽃이 피고 때로는 원하지 않는 곳으로 꽃이 지기에. 꽃이 피고 질 때는 무엇을 간과하였는지 생각해야 한다. 꾸준함은 꽃이 지는 순간이다. 그러하니 꾸준함을 지켜야 된다는 강박에만 연연하지 말고 새로운 지속 가능한 것을 늘리는 데에 힘쓰자. 꽃봉오리가 많아지면 많아질수록, 꽃처럼. 나를 피우는 데에 온갖 신경을 쓰지 않게 되는 것을 알자.

어쩜 사랑할 수 있어서

하루가 참 길고 느즈러졌습니다. 마음 그 헛헛함을 잠재우려 꼭두새벽부터 일어나 책을 읽습니다. 몽땅한 펜을 찾아 왠지 나인 것 같은 곳에 삐뚤삐뚤 줄을 그으면 이 세상 무엇에 이끌려 살아가고 있는지. 내가 조금이라도 발전이 필요하다는 사실을 깨닫는 것이 얼마나 다행인지. 의미심장한 위로가 됩니다.

이동 시간에 비해 머무른 시간이 아깝다는 생각이 들면 애써 주기보다 받아 내려는 모습이 거창하진 않았는지. 민망함과 함께 돌아보게 됩니다. 나는 아직 당신이 덜됐나 봅니다.

보고 싶고 뵙고 싶던 그리움을 풍기는 사람을 마주한다면 못마땅함과 투덜거림을 남기기보단 사랑이란 단어를 문장으로 바꿔 능동적인 표현을 할 수 있다면 좋겠습니다. 사랑한다면, 사랑할수록, 사랑합니다. 어쩜 사랑할 수 있어서 나는 당신이 감사합니다.

나의 세계를 팽창시켜

나라는, 또 너라는 한 사람으로 인해 삶의 일부가 결정되고 또 도전이 되었던 마음의 습작들. 그 빛은 그렇게 잠깐 나타났다가 지지직 사라지지 않았어. 아직도 그곳에 있겠다는 모든 순간이. 웃음 뒤에 미소가 그 역시 나의 세계를 팽창시켜. 나는 너에게 각별한 우리였나 봐.

우리, 모두는 끊임없는 행성이니까

세상 사는 게 다 똑같지 않다. 우리, 모두는 끊임없는 행성이니까. 나라는 가치만으로도 톱니바퀴답게 돌고 돌아가던. 마침내 조건 없이 누군가라는 이름의 고향이 돼 버리는 거다.

정작 똑같은 것은 마음 하나다. 그러니 마음의 소리를 쉽게 저버리고 무시하지 말자. 솔직하게 남는 건 내가 아니라 마음이다. 그 소리를 토대로 하고 싶은 것보다는 오갈 데 없는 중심으로 단단히 채워 의미 있게 주변을 장식하는 거다. 내가 원하는 고요한 울렁임. 끊임없는 내면, 우주와 같은 한없는 속삭임을 기억하며 살아가 보자.

사람은 시간 앞에서 반짝거린다. 반짝거림이란 스스로 빛을 끄고 켤 때. 자신의 어둠과 빛을 과장하지 않은 채, 있는 그대로의 모습을 동일시하며 살아가려는, 그러한 내면의 노력을 자신이 눈으로 직접 바라보는 일. 그것이 비교 없는 값진 반짝임. 그것이 가깝고 먼 습작의 떠들썩거림이다.

왜 한발치 꿈은 나의 고민을 하시지

나는 누군가의 온갖 서성임이고 싶었던 사람
그를 뵙기 위하여 귀성하는 꿈
순조롭게 한철의 빗방울 펴지는 곁을 서성인다

질서 너머 꿈은 맵게 고민하였지
도대체 나의 순서는 언제가 좋을까 하고
한참을 머무는 것들은 아름 없이 찌르며
아무 말 없이 아픔을 왔다 갔다 하는
황홀한 군무의 새처럼 거대한 빙그르르
내가 하도 앞서가서 당신이 좇을 새 없단다

왜 우리는

낯설고 익숙한 어릴 적 내디딘 꿈
어딘가 안착한 방이 없는 집으로 그리진 않았고
어딘가 동여매는 바짝 굳은 생선으로
그리지도 않았지

왜 나는 약할 때 우는 존귀한 보배
밤사이 그 구절 꿈이
무언가를 가려 주다 어떻게 녹을 것인지
거뜬한 고민을
한발치 꿈은 봄이 되어
나의 고민을 피워 버리는지

웅성이는 여름과 저마다의 바다

크리스마스이브에는 가족이 생각나는 건 어쩔 수 없는 것 같아요. 크리스마스가 여름인 곳에 계신 부모님. 우리는 파도가 넘실대는 바다로 갔었지요. 수영복 차림의 그곳은 날이 아주 뜨거웠고, 여유로웠죠. 그때의 웅성이는 여름과 저마다의 바다를 만끽하는 모습을 지켜보는 것이 그 또한 행복이죠. 바다는 바다를 바라보는 사람마저 누군가의 바다로 만들어 주니까요. 바다의 끝없는 깊이와 무궁무진함. 그런 면에서는 바다와 사람은 닮아 있어요. 사람의 가치는 바다만큼이나 캐도 캐도 한계가 없으니까요. 나를 어떤 각도로 바라봐 주느냐에 따라 달라지니까요. 그래서 우리도 모르는 사이 불쑥. 바다를 찾아가지요. 누가 나를 바다로 봐주기 전에 내가 먼저 나를 제대로 볼 줄 알아야 해요. 나의 출렁이는 겨울의 혹독한 파도와 거품까지 다 바다이자 외면할 수 없는 힘이니까요. 우리는 바다만큼 나를 부딪쳐 사랑해야 해요.

케이크를 대하는 작은 태도

뭐니 뭐니 해도 생일날 케이크는 빼놓을 수 없다는, 언제부턴가 암묵적인 가지각색의 축하가 생겨난 것인지. 굽어 있는 집게로 빵을 고르다가 나도 모르는 한 줌의 눈빛이 바사삭 들어갔다. 잠시나마 삶을 축였던 남태평양 국가인 피지 번화가 사거리에는 한인 빵집이 있고, 케이크 종류 하나로 유명하다. 그 위에는 평범한 초콜릿 가루 그리고 체리의 포인트가 전부인데도. 마땅히 다른 케이크와 비교했을 때는 그 태가 휘황찬란하지 못했던 기억이지만. 그런데도 가족 구성원 중 반복되는 케이크에 질린다고 투정하는 사람은 없었다. 케이크의 밋밋함이 연이은 기본의 이유이기도 했고, 크림 발린 모양

새보다 그 안에 담긴 의미를 새로이 여겼던 시간의 덮침이 파도 몽우리 같았다. 다른 말로는 케이크가 축하를 전하고 우리는 의미를 보태는 것. 축하를 받는 사람의 표정과 분위기를 기억하지, 케이크의 화려함을 기억하지 않는다. 불을 끄고 축하 노래를 부르며 영농하게 녹아내리는 촛농 앞에서 그 얼굴을 바라본다. 비록 케이크의 외적인 모습은 같을지라도 속에 담긴 축하의 속마음은 다양해진다. 개의치 않게 살면서 반복되는 각자의 평범한 케이크를 대하는 태도에 따라 익숙한 삶에 나머지 조각을 뱃속에서 장식한다는 거다.

마음이 되려는 꿈

죽음의 기로에서 마음을 잡고 흔들었다. 좌우 양옆으로 그 이상 움직이지, 커지지도 못하는 나를 깨닫는 순간 마음은 쉴 새 없어진다. 무게 있는 어차피가 돼 보겠다는 활짝 핌. 열어 얼마 동안 담고 싶었던 죽음의 오로라 쑤셔 넣는다. 지퍼 맞물려 잠그면 무게가 읽히던. 출랑거릴 때마다 가방 안에서 둥글게 해집히는 반들거림. 오붓한 벽과 낯가리는 동굴 그리고 불안해하던 오직 자장가. 내가 쏟아질지라도 무거움만은 자르르. 가벼운 아지랑이 공기 중 떠다니지 못하고 마음에 합쳐진다. 가벼움은 고만고만해 무거움에 속해진다던 호호 부는 소리. 이마에 손을 얹어 주겠다는 친절이 시간 속 허들을 뛰어

넘고 있다. 모두가 무거운 마음이 되려는 꿈을 가지고 살았던 걸까. 찰칵 다정함을 내쉬어 본다.

오늘이 너의 정점이 될 테니

저의 생계를 책임져 주던 일을 끝맺었습니다. 무슨 일이든 관계를 맺으면, 길면 길고 짧으면 짧은 기간과는 무관하게 시원섭섭한가 봅니다. 돌아보면 그만큼 주위에 배울 점이 많은 사람이 있다는 것은 자산이고 축복이었습니다.

철부지인 저의 품이. 누군가에게는 한없이 좁고 부족하게 보였을 텐데. 눈감아 주고 잘하고 있다 말해 주던. "오늘이 너의 정점이 될 테니 열심을 내거라" 덕분에 나는, 아낌없는 나날들이 되었습니다.

마지막이란 항상 도전과 시작밖에 되지 못했습

니다. 시작만을 예비하고 굼뜬 마음으로 시작을 가리키다 보니 마지막은 흐지부지. 유종지미를 지키라는 말은 그 마지막의 목숨을 다하라는 뜻을 이제 조금 압니다. 나의 마지막은 시작이 아니라 지금 이 순간의 정점이 될 테니까요.

퇴사, 이직, 다시 또 입사 단순한 노동까지. 나에게 부끄럽지 않은 마지막 최선의 최선을 다해야 한다면 자그마치 그 모습을 나에게 가장 먼저 보여 주고 싶은 사람이기를. 나는 지금 누군가의 정점으로 있는 사람이고. 지금 이 젊음이 정점인 것을 생각하며 오늘의 고통을 오늘 고통으로 남기며 사랑한 당신과 나에게 축배를.

귀중하게 태어나려는 이유가 더 많은

세상은 눈부시기에 아름답다. 보이지 않아 사라질 대로 사라진 시간처럼. 소중한 것들은 나의 밑바닥같이 강렬하고 훌륭하니 늘 선명하지 못하지. 지나서야 볼 수 있다는 사랑만큼의 활약. 받아들여야 하는 것들에 물어 슬퍼하지 말자던 아름다움. 아름다움은 묻어지고 소중함은 당신으로 나오니까. 소중한 것들은 다시 빛나는 것들에 의해서 밝아지니까. 지금이 아니라면 나는 제대로 극야가 되어 수많은 불빛을 황홀하게 번쩍이게 할 때인 것을. 우리는 아름답게 태어나려는 이유보다 귀중하게 태어나려는 이유가 더 많은 존재니까.

무가치한 눈빛까지

비가 오고 봄이 왔는지 안다
사이좋은 바람이 축축하게 걷고 있으니까
졸업장 없는 우리 겨울인가 봐

평일의 끝은 공포와 참혹한 전투
나를 버린 듯 의미심장한 최악의 불행
어찌 당신을 두고 행복이 야위어가겠니

오래 막막하고 겉을 맴도는 시간이라면
삶의 대부분은 그런 순간이라서
그토록 원하던 따뜻한 사람이 되는 중이겠네

우리는 태어날 때부터
저마다의 방법으로 익히 알고 있지
무가치한 눈빛까지 사랑해야 함을

사랑하지 않겠다는 걸음걸이

연이은 졸업식으로 손뼉 치기가 바쁩니다. 사랑하는 당신의 정직한 얼굴. 졸업은 지금까지 주인으로 살아온 나의 세계를 잃어버리겠다는 각오이며 더 이상의 익숙함을 사랑하지 않겠다는 투지입니다.

나는 부자연스러운 마음의 주변이 되어 그 광경을 빤히 보고 있자면, 어떤 이유든 견딜 수 없이 슬프지는 않습니다. 멀어져 가는 지난 눈물이 무자비한 기쁨으로 과거의 우리를 침투하기 때문이죠.

어쩌면 예기치 못한 여정은 스치는 모든 장면의 주인공이 되고 싶어 하면서도. 한편에는 불안의 주인공이 돼서도 행복만으로는 나의 삶을 견딜 수 없음을 본능적으로 잘 알고 있습니다.

모두 제각각의 걸음걸이에서. 불행을 읽으며 훌렁훌렁 자신이 벗겨지는 자유와 그 갈망을 놓칠 수 없기에. 따뜻하고 정직하고 다정하게 누군가의 속도를 부드럽게 바라보며 중심의 아련함을 양보합니다. 눈에 보이는 일상의 불안감을 다정하게 통과할 수 있는 거죠.

매진

대구에서 돌아오는 모든 좌석이 매진이었습니다. 하는 수 없이 동생과 입석을 끊고 무궁화호에 올라탔습니다. 떠나자니 돌아볼 당신의 얼굴이 이만큼이나 생각이 납니다.

그곳에는 또 만나자는 애틋한 남녀의 기약과 홀로 떠나는 강인한 눈빛의 백패커. 그리고 일터에서 고향으로 떠나는 부풀었지만, 표정으로 내색하지 않는 잔잔하게 다스리는 마음들까지. 승무원 아저씨의 무전기 든 배웅을 받으며 그렇게 소곤소곤 매 순간의 수많은 작별은 늘 있는 거지요.

기차 타는 것 자체를 좋아하는 줄로만 알았는데. 생각해 보니 기차의 잦은 소음을 좋아합니다. 열차 칸 사이에 새어 나오는 제멋대로의 삐거덕거림. 얼마나 가야 창밖을 볼 수 있는지 알 수 없는 검은 터널. 무엇보다 또 다른 열차가 지나갈 때 뭉개지는 내가 탄 열차의 소리. 모든 빠져나올 수 없는 소리들이 사람과 사람 사이에서도 마찬가지라는 거죠. 어쩔 수 없이 뿜어져 나오는, 어쩌면 나의 처지와도 닮아 있던 일별의 한숨. 내가 내는 소리의 맞물림이 누군가 세차게 엇갈릴 때만큼은 닿기를.

여태 내 마음의 모든 좌석은 매진이었습니다. 그래서 당신이 들어와도 들을 수가 없었습니다. 그런 채로 어딘가를 계속 가려고 했던 나는, 기차를 타고 나서야 알았습니다.

제가 할아버지를 어떤 분이신지 여쭤보기도 전에, 엄마는 먼저 외할아버지를 존경한다고 했었습니다. 존경이라는 것이 무엇이길래, 얼마나 거대해야 받을 수 있는 예우일까요. 사실, 가늠하기가 힘들었습니다. 성인이 되고 사람에게 치이면서 사람을 치켜세우는 것이 얼마나 어려운 것인지를 실감하고 나니, 존경이라는 말을 입 밖으로 꺼내기가 많이 어려워. 어쩌면 영웅에게나 붙은 칭호라는 생각이 굳어지게 됐습니다. 그런데도 엄마가 어렵지 않게 그를 높여 부를 수 있었던 이유는 평소 할아버지가 아들, 딸들을 얼마나 존중했는지 알 수 있었습니다. 할아버지가 먼저 감사했기에 존경받아 마땅하고 먼저 헌신했기에 사랑받을 수 있는 거겠죠. 평생 성실한 삶만을 보여 줄 수 있는 분은 제가 보기에 앞으로 살면서 만날 수 없을 것이라고. 그게 그렇게 아쉬워서 제가 되렵니다. 할아버지를 만난 모두가 그렇겠지만, 구태여 저는 그 눈을 잊을 수가 없습니다. 그 눈은 사람을 아끼기에 영원하지 못한다 해도 상관없습니다. 우린, 할아버지가 담아낸 눈으로 할아버지를 다시 지키니까요. 할아버지 지금은 어디까지 가셨는지 묻지 않겠습니다. 아마, 그 기억은 끊임없이 흩어지겠죠. 그래도 기록하겠습니다. 그래봤자 사랑이니까요. 엄마를 닮은 것이 외할아버지를 닮은 것인지를 이제야 조금 깨닫습니다.

당신이 꼭 나인 것 같아 그랬습니다

계절 끝에서야 말합니다 사랑하게 해 줘서 고맙습니다 당신이 꼭 나인 것 같아 그랬습니다.

부재

3년 만에 만나 떠난 가족 여행이었다. 무려 공동체의 대화가 우선이었을 저녁이 되자 요즘 느끼는, 기쁜 것과 힘든 것에 대해 말하자는 엄마. 그 순서가 오고 앞으로의 부재 그즈음 그리워질 고발에 두려워 지금을 다 행복할 수 없다는 엄마의 복받침이 왠지. 아늑함을 깊이 진술케 하지만 그래 왔듯 무심히 막고 가려본다. 옆자리 상기된 아빠에게도 뜨거운 장마가 드리오고 개었던 문턱 없는 날짜와 소박하고 쓸쓸한 지난날에 언어 없음. 후에 다가올 어느 한 날의 꺼내지 못할 여름 폭포수 낙하가 상상할 수 없을 만큼 떨어지니 뼈아프다가도, 앞으로 다가올 시간마저 견딜 수 없게 하는 것 같아서. 그대로 있는다. 고통을 차례대로 밟는다.

참으로 사랑받기를 원하지 않는 사람이 어디가 있을까. 참으로 사랑만을 줄 수 있는 사람이 어디가 있을까. 역설적이게도 우리 가족은 달라진 만큼 멀어진 만큼 서로를 향한 마음이 닮아 있던 것일까. 지나간, 침묵이 전부라는 과거의 우리를 푹푹 찌게 안는다.

따뜻함과 뜨거움 사이 그 모호한 불씨

타오른 불을 지키는 것이 더 어렵다. 장작에 박힌 수많은 따뜻함과 뜨거움 사이 그 모호한 불씨들이 나를 더디게 만든다. 무엇이든 장시간 중심 없이 머물면, 노력과 상관없이 분간 못 할 정도의 얼룩이 지는 거다. 그러지 않기 위해서는 불이 커진 직후에 불의 크기를 살피고 적절히 땔감을 채워 넣어 줘야 한다. 하지만 불 주위로 모여드는 사람을 좋아해 불을 지키기 위해. 아무거나 잡아 때다 보면 지금 당장은 활활 타오를지 몰라도. 다시 보면 살아 있는 불씨가 없는 거침없는 불길의 방해자 자처를 즐겨할 뿐이다.

시어터

할머니가 엄마를 부둥켜안자 어깨 위에 있던 조용한 눈물을 넘겨준다. 여느 헤어짐 앞에서 가장 많이 줄 수 있는 것은 눈물일까. 곧잘 그 뺨을 흘러내린 눈물 자국이 딸의 뺨에 닿은 거다. 모녀의 시간이라 하기에는 적잖이 짧았던. 엄마는 지켜진 곳을 떠나야 했고, 할머니는 떠나간 곳을 지켜야 했기에 어느 누구도 그곳으로 흘러가는 것을 내색하진 않았지만. 그럼에도 마음속으로는 못내 아쉬운 바람인지라. 엄마를 알아 버린 엄마의 마음인지라. 그렇게 선선하진 못했던 헤어짐의 결심. 혹 나는 익사한 시선 사이에서 무엇으로 있어 주는 걸까. 할머니인지 엄마인지 만들어 남겨진 몇몇 반찬이 나를 캐낸다.

시절 눈물

모든 눈물은 때가 있다. 기다려 온 눈물은 기가 막히게 흐르지만. 반기지 못한 눈물샘은 어쩌지 못한 때를 엿본다. 누군가 흘려주는 눈물은 내 것이 아니기에 흩어지거라. 얼굴, 어두운 부분부터 입꼬리 타고 흐르는 눈물만이 그 안에 속속 스며든다. 내가 흘려주지 못해서 어쩐 날을 미루다가. 더 크게 흘린다 해도 변함없는 값어치. 다듬어진 눈물은 꼭 보석이어라, 버릴 눈물 없고 삼킨 눈물 없다. 어디에 못된 눈물 있고 아픈 눈물 있으랴. 울면서 태어난 나, 촉촉함 반길 수 없었지만 만끽해야 살아진다. 마실 수 있을 때 마음껏 먹고 마시는 눈물. 웃음은 그때 웃음이 아닐 수 있지만 눈물은 여전한 눈물이련

다. 웃음은 마실 수, 머금을 수도 없었던. 잘 웃고 웃어 넘어갈 수 있음이 눈물을 버리게 하지는 않는다. 눈물만이 웃음을, 삶을 넘어가게 한다.

우리의 시선을 덮친다

청량한 파도가 우리의 시선을 덮친다. 사랑은 입을 다물고도 집어삼키는 일이고 당연한 세계를 깨어뜨리는 아마겟돈일까. 분위기로 인해 산산이 흩어진 푸르스름한 종말의 현상에서 곧잘 그 수증기가 서로를 감싸 안을 이유 없이 직선으로 향한다고 믿고 의연했는데. 이렇게 한순간에 가림막 없이, 창도 없이, 벌거벗은 채로 두 온도 사이의 사나운 물결이 된다. 사랑은 바다 냄새를 그대로 내어 주는 것. 파장의 갈퀴로 뒤엉킨 투명한 아우라가 그 유리의 진동이 서로를 넘실넘실 타고 들어가 시원하게만 갇힌 상처를 어루만진다. 오롯한 햇볕으로 인해 고운 모래가 익은 듯 따사하게 건너는 속삭임. 또는 어떤 허물어진 가까움으로 타 버릴 만큼 따가운 입맞춤이 고스란히 녹아 살갗이 벗겨지는 거다. 살갗 그 뼈마저 드러난 데도 어떠한 수치심 없이 질서 없이 오르락내리락하는 강렬한 껴안음 그리고 흔들리던 틈. 그 틈새 간격은 휴양지 먼 허상을 모조리 채울 만큼 거대하고 의미 있을 수밖에.

정돈되지 않은 밤

적도가 입김 부는 푹 익은 섬. 나를 차갑게 만들 수 있는 유일한 방법은 매일 저 먼 우주를 바라보는 거였다. 은하수의 동공을 찾고 싶었던 정돈되지 않는 별. 아니 저 수많은 펄럭임이 입을 벌리고 전부 나를 쳐다보는 것이 괜스레 동질감을 느껴서다. 나도 한 철 그 정도로만 빛나는 별이고 싶은 걸까 하고 우쭐대지 말라던. 너는 더 특별한 존재니까. 양쪽 하늘 여즉 크리스마스에서 그래도 저기 생을 다한 별똥별은 별자리를 흩트려 놓는 중이겠지. 그때부터 나의 물병자리를 찾아봤고 손가락으로 우주를 가리키는 연습. 천체를 보고 별들을 기억하는 방법. 검정 하늘 흘러내리는 나를 촘촘히 새기기 위해

서서 고개를 들고 불편한 벌러덩을 누웠지. 오늘 다 끝마치지 못해도 눈을 감으면 또 다른 웃음이 꿈속에 새겨 둘 테니. 새벽 같은 공기가 이슬의 염원을 적시고 새벽의 말들이 하나둘 집으로 향했지만. 같은 하늘 다른 혼자가 되진 않는다. 무수히 깊은 별들이 정한 내가 아니라 해도 나만 모른다 해도 많은 밤 끝까지 나를 가리킬 테니까.

너의 결혼식

떠나가고 싶단 누군가를 보내 주는 것만큼 개운한 일이 있을까. 추억 한구석에 있는 만남과 주어진 인연의 시원섭섭함이지만, 홀가분한 퍼센티지가 더 높은 어떤 눈물로도 설명 불가한 흐느낌. 딸을 위한 아버지의 과거 감사와 아들을 향한 어머니의 먼 훗날 감사까지. 이날만큼은 사위도 며느리도 없었다.

오로지 누군가의 딸과 아들, 어쩌면 개개인의 이루 말할 수 없는 순간만이 자릴 가득 메웠다. 오늘처럼 앞으로가 이 두 사람에게는 전혀 똑같지 않은 날들로 기억될 테다. 그래서 더 끝없고 유일하게 아름답지 않은가. 우리의 빛나는 이 찰나의 균열조차

감히 비교 대상이 될 수 없다는 것만으로도 우리가 완연한 걸작품임을 증명한다.

어떤 축하의 말들과 순식간에 뿌려지는 꽃잎이 두 사람의 나아가는 표정을 대신할 수 없기에. 그저 나는 참석한 모두가 얼굴로 말해 준 환희와 박수를 대신해 시간의 순서대로 적어 내릴 뿐이다.

아니, 정확히는 떠나갈 곳을 믿어서일까. 같이 떠나갈 사람이 생겼다는 안도감에서일까. 떠나감의 슬픔은 일상에서 만연하지만 늘 새로운 고통이기에 익숙해질 수 없다. 그렇기에 언어와 눈물만으로 종잡을 수 없는 꺼내지 못할 행복이 있는 거다.

단지 따뜻함을 잊은 사람

감히 나의 내면은 바깥처럼 쓸쓸합니다. 전에는 내게 쉴 의자가 있었는데 노란 테이프에 감겨 버린 쓸쓸함이 피부에 스치듯 불규칙적인 바람만 느껴집니다. 나는 이 모든 우스갯소리가 낯설기에 따뜻함은 지키고 살았습니다. 세상은 따뜻한 사람과 차가운 사람 두 분류로 나누고 있지만 나의 생각은 좀 다릅니다. 세상에 차가운 사람은 없다는 것입니다. 단지 따뜻함을 잊은 사람만이 존재할 뿐입니다.

사람은 본래 모두가 따뜻합니다. 따뜻하길 원하면 따뜻한 사람 곁으로 돌아가면 됩니다. 위로를 거부하는 이에게 따뜻한 포옹은 당장 필요 없을 테지만. 덥다는 당신을 위해 나를 식혀. 위로 중 가장 낮은 방식으로 듣겠습니다. 당신에게는 천차만별의 온도가 있지 않겠습니까. 포기한 것이 아니라 적절한 관심으로 건조하게 안아 줄 것입니다.

따뜻함을 품고 사는 사람. 다정함과는 무엇이 다른 걸지 고뇌하다가 내게 무엇이 따뜻함을 간직하도록 했냐고 주머니를 뒤집니다. 다정하지 못한 아쉬움까지 곱씹어 본 나는 온화했던 밤을 확인하기 위해 직접 모든 아픔을 누비며 확인했습니다. 따뜻한 사람은 나를 가지고 연습하기에 다정한 척을 하지 않습니다. 장소와 상황을 구분 짓지 않는 온기. 더움을 조절할 수 있고 반대로는 식어 보려 했거니와. 뜨거웠던 상처와 아픔이 식을 때까지 기다리며 차차 당신의 온도로 머뭅니다.

죽어 있는 빛깔

색을 좋아하는 사람들이 있다. 다른 말로는 색을 구별할 줄 알아 다름을 받아들일 수 있는 사람이기도 하다. 그런, 내가 요즘은 색에 왈칵 빠져 무엇을 칠하는지 알 리가 없더라. 자신을 색으로 정성껏 가둔 사람은 생각보다 꺼내기 힘들다고 하던데. 곧 확신 없는 고집을 영위한다 해서 색이 크고 두터워지는 것 같진 않다. 이해하고 수용할 수 있는 삶이 다채로움을 갖는 거니까. 다채로워질 힘은 죽어 있는 빛을 구해 낼 수 있는 특권이기도 하기에. 아무것도 아니라는 내가 나를 구별할 줄 알게 되면, 그 자체로 순간을 얻고 살아난다는 것. 작고 작은 깜박임의 티끌이 사랑만큼의 우아함이다. 무심코 달라진 색이 있더라도 다시 나를 타고 돌아올 기회는 생겨난 다지만. 구별하지 못한다고 해서 좌절할 필요도 상심할 필요도 없이 미래를 향한 속 태움은 날마다 나를 뚜렷하게 한다. 노력으로 칠하는 사람은 다르다고만 말하는 이들의 정성까지 올바르게 품으며 이곳저곳 내가 살고 있지 않은 곳으로. 마땅치 않은 문제로부터 무지개로 어디든, 어디나 누비고 있다. 그 누가 뭐래도 무지개 뒤로 보일 듯 흐릿한 무지개가 더 오늘인 것이다.

쭈뼛거리는 몸과 주저함

배려가 몸에 밴 사람이 있다. 상대를 또 다른 나와 같이 다루는 부류. 그들은 마음을 달여 누군가를 정성껏 생각해 준다. 있는 힘껏 마음을 신경 써 주는 고운 자처함이 배려가 아닐까. 반대로 타인을 위한다고 했지만, 배려 안에 타인이 없다면 모든 행동은 배려라고 보기 힘들다. 사랑의 순서는 마음이 아니라 행동이 우선이기 때문이다. 그러나 행동을 전하고 마음까지 주면 그 자리는 풍성해진다. 쭈뼛거리는 몸과 주저함이 분위기와 가치를 동시에 끌어오기에. 당신 자체가 좋은 시도다. 반대로 배려가 독배가 되어 전달의 오류가 생길 때도 있다. 좋은 식당, 소파에 앉으라는 권유에 딱딱한 의자를 필요로

한 사람도 분명 있는 거다. 내가 좀 더 푹신한 의자에 앉았고. 곧장 그가 허리가 아파 딱딱함이 필요하다는 말을 들었던. 이처럼 어쩌면 나에게 맞춘 맞춤형 배려가 많지는 않았을까. 배려는 끝없는 노력이고 그 노력은 당신을 위한 대화로부터 비롯되는 것이구나. 배려라고 다 같은 수준의 배려가 아니므로 경직된 방식만을 고수해서는 안 된다. 배려 안에서도 정신과 세계가 있고 흐름이 존재한다. 진정한 배려의 유속은 나와 타인을 불편하지 않으며 그대로 존중하는 것. 철저히 상대에 속성을 유심히 파악하려는 통찰이 중요하다. 그만큼 상대방을 조심히 다루면 배려할 줄 아는 굳건한 우리가 만들어진다. 나를 얻고 상대를 얻는 시선의 존중이야말로 남을 아낄 수 있는 원천이다. 의자를 빼 주는 것 말고 먼저, 의자를 가리키는 마음이 다듬어지는 배려인 거다.

반짝이는 것에만 연연하고 살지 않으니까

별은 타인의 시선을 의식하지 않는다. 별은 별, 자신을 반짝이는 것에만 연연하고 살지 않으니까. 그 어떤 시선이든 평준화를 주기에 자유롭다. 반짝임의 형태를 무시한 그마저 깎아내리는 연습을 멈추고, 나를 가꾸는 다짐을. 오늘도 시작이니 정성을 다해 손을 가리고 집중해 아껴 줘야지. 나를 더 의식해야지 하고 희미해질지언정 꿈꾼다.

작은 동네

삭막했던 동네에 작은 꽃집이 생겼더랍니다. 초롱거린 이맘때 여름엔 내 안에 무슨 꽃을 버무려 볼지 고민했습니다. 강아지풀 흔들림이 쌓인 이 다정함을 전하려면 나부터 어떤 춤사위를 좋아하는지 알아야 했던 걸음입니다. 포장지로 두른 다발 안에 그 색이 다채로워갔지만, 나는 꽃보다 당신에게 아낌없는 사실을 깨달아야 했습니다. 간혹 달콤함 몰래 두려움을 과대포장한 우리를 이해하진 못한 건 아니랍니다. 어제의 다발을 불안함으로 채울지 말지는 가치를 따질 수 없이 소중한 너울의 결심일 겁니다. 쓰라림을 다해 잡아 줄 수밖에 없는 사람인지라. 저물어 버린 말을 아껴도 그 안에 꽂힌 꽃 갈

피만큼의 여운은 나를 두고두고 기억해 낼 것입니다. 그렇게 제대로 된 마음은 언제부터지 모르게 시작할 것이라는 확신의 무게. 어딘가 지닌 고유한 그 제철의 본명을 알아 버린 한낮에 알려 주시면 좋겠습니다. 살랑임으로 달라진 포말 소리에 맞춰 당신까지 주고받고 싶었던 나는, 흠씬 그렇습니다.

그림자는 대단한 녀석

뜨거운 오후에 누군가와 그림자 관련 이야기를 나누었다. 나는 그림자가 없으면 어떨까 하고 웃었고 당신은 글쎄라 대답한다. 집에 와 보니 그림자는 대단한 녀석, 자그마치 우리 사이에 제법 무거운 대화거리로 있다 갔으니까. 온 더위를 식히지 못한데도 이번만은 넘어가 주리. 버스킹 주문에 맞춰 왈츠를 추던 가로수 그림자와 당신의 흥얼거림이 생각나 그리곤 태양으로부터 반짝이는 눈동자가 나를 잔뜩 말하게 했던 일. 모든 것이 처음이라서, 그 말이 듣기 좋았다. 나에게는 익숙하고 당연하지만, 누군가의 인생에선 처음 겪는 소소함이 서투름을 업는데도 역시 너그럽게 만든다. 아기자기했던 첫 단

추를 떠올리며 나를 요구하던 삶의 첨삭을 내려놓는 일. 나도 마찬가지로 깎아내리던 사랑 나를 후회했던 사랑이 반짝임을 말해 주고 나서야 알아서. 지워 내지 못하지만 기억할 수도 없는 일이 된다. 장미 한 송이를 지그시 태우는 연탄을 본받고자 그 소중함까지 지닌 채 둔 여느 작가와 미소 지은 여름밤 태양 수처럼.

조경사

어느 날, 허리를 구부리고 정성스레 나무를 다듬는 조경사를 보았습니다. 한 손으로는 들기 버거운 거대한 가위를 들고 이리저리 자리를 옮겨가며 골똘히 무슨 생각을 했을까요. 아마 어디를 자를지 들치며, 살아 있는 나뭇가지와 죽어 있는 나뭇가지를 구별하고 있었겠죠. 어찌 됐든 죽어 있더라도 살아 있는 나뭇가지에 달린 작은 무언가조차 자르는 일은 결코 쉬운 상대가 아니라고 할 수 있을 겁니다. 살아 있음은 영혼 속에 귀속되어 자아를 전달하고자 끊임없이 숨을 내쉬고 있기 때문입니다. 언제는 원하든, 원하지 않든 거친 표현으로 누군가의 가지를 싹둑 잘라 버릴 때가 있습니다. 스스로 잘리게

끔 돕는 것은 생각으로만 남아서 가위를 놓은 채 흙을 다시 덮어 놓을 때도 있습니다. 비록 살아 있음을 잘라 내 본 경험이 있을지라도 모든 가지를 지켜 낼 수 있는 것이 아니기에. 숲의 순리에 따라 나무의 상징적 허락과 말하지 못한 일부를 박탈할 자격이 없으면서도 정원이 주는 가치를 짓밟을 수 없겠습니다.

훌훌 털어 버리는 일

물을 마시다 보면 물속에 빠져 있는 느낌이 든다. 좁은 깔때기 안, 정확히 안쪽 밑으로 긁어대는 차가우면서 투명한 반짝거림이 목구멍으로 미끄러질 때마다 몸이 부르르 떨린다. 그러한 와중에도 물줄기가 흩어지자 대양의 모든 해역을 다 해소하지는 못했다. 기꺼이 나의 본능을 차지하는 무언가가 버티고 있어서다. 점점 바다가 나를 마시고 있는 듯한 기분을 받고 있었다. 바다에 빠져 있으면 장엄한 그에게 흡수되는 듯한, 용기에 가까운 관념을 받아서다. 어쩌면 머리끝까지 빠진다는 것은 훌훌 털어 버리는 일이다. 수많은 몸뚱어리가 들락날락한 헤엄칠 수 있는 영역에서는 고민이 같이 빠져들고. 그

속에서 얽히고 얽힌 고민은 찬 바다를 벗어나기 위해 못내 서로를 해결한다. 결국, 고민 끝 바다란 얽히고설켜 내 안에서 처리되는 당연지사다. 바다는 나의 바닥이기에 밑에서 오는 차가움이 이토록 시리지만, 어리석게도 우린 반복하여 뼈도 시리고 이가 시리게 바닥날 뿐이다. 바닷속 깊은 곳에서 유영하다 보면 헤엄치는 일이 그립고 바닷속 얕은 곳에서 헤엄치다 보면 깊은 곳으로 자유로워지고 싶어진다는 것. 그래서 우리는 얕고 깊은 무게의 중앙을 오가며 중요하고 정확하게 살아야 한다.

안부

친구에게서 잘 지낸다는 소식을 들으면 나는 받아칠 말이 생각나지 않았다. 우린, 너무 멀리 있기도 하고 서로의 상황을 다 알기엔 글로 전달되지 않는 습습한 것들이 분명 존재해서다. 예컨대 카페에 앉아 다리를 꼬고 한 번씩 바닥을 응시한다든지, 그도 모르는 사이 대화에 심취해 내뱉는 말로 덕지덕지, 숨의 속도를 더디게 하여도. 깜박인 동공은 각막에 비춰 감정의 굴곡을 담아낸다. 추억의 출렁임 그리고 강하게 밀려오는 너울. 마주 볼 때에 충분한 고요를 가져도 지난날의 뒷모습이 자꾸 전달된다. 끄덕인 후에 파고든다. 몸을, 귀를, 혓바늘을 그 앞쪽으로 기울이면 해안 가까이에 표정이 한참 이어진다. 그러곤 동굴 깊숙한 곳을 뚫고 등으로 삐죽 나온다. 깜짝 놀란 나는 어느새 뒤로 가, 그의 등을 어루만진다. 눈을 비빈다. 빨간 검음은 어디에 있는지 생각한다. 어쩌면 대화에 의해 정의된 피란 검붉음이 없을 수도 있다. 우리가 부른, 우리가 만든 혈연은 칠해지는 것이 아니라 같은 속도로 평온함을 찾아가는 중이니까. 뚫고 더 찬란하게 뚫어 우리의 터널을 개척하는 것이다. 이어지는 점에서 계속된다. 중첩되는 선에서 이어진다. 대꾸 없는 소동을 뭉치어 둔 자락, 그 옷 꺼풀을 속속 꽂아 작은 깃에 끼운다. 서로를 구멍 내기에 충분하다고 벗의 마음으로 그 속을 아물기 전에 모조리 관통한다. 꽂힌 채로 차곡차곡 박혀 든다. 뚫린 모든 날에 감정이 거세게 콸콸 뿜어져 나왔기에 할 수 있는 대면의 말들을 기대한다.

청계천 무성한 여름

그렇게 가끔은 낮에 앉아 쏟아지는 것들을 바라보는 것이 좋아진다. 쏟아지기 위해서는 과감함, 찰나의 각오를 초월하는 결심이 필요하다.

모르고 내려 버린 정거장에서 찾을 수 있는 지나간 생각들. 곳곳 늘어진 생각을 끼고 앉아 왜 그랬냐는 말은 하지 않는다. 우린 부서진 풍경에게서 더 많은 흔들림을 배우니까. 그리할 만한 이유가 없었어도. 그 이유를 아직 모른다 해도. 나는 그 사이에도 당신이었다.

태양에 의해 푸르게 익어 버린 바람이 불 때 나

는 고대한 바위를 밟고 건너지 않았다. 자작한 불의 타들어 간 돌멩이를 모아 엉성할지라도 단단하게 합을 낸다. 두드린다. 당신이 남겨진 이유를 내게서 묻지 않는다.

여름 향기가 짙다

인정하긴 싫지만 멋있는 분일수록 조용한 곳에 숨 쉰다. 사랑한다는 말을 밥 먹듯이 하는 사람이라 아빠는 나보다 여름 향기가 짙다. 내가 아는 나는 누군가의 행동을 유심히 관찰해 챙겨 주는 사람인 것 같은데. 그러한 말도 안 되는 다정함은 아빠로부터 비롯됐다. 얼핏 아빠의 부사관 시절 쓴 방대한 양의 손 편지글을 본 적이 있어서. 할아버지로부터 받지 못한 결핍된 사랑의 깊은 한철이다. 슬픔이 싫었던 아빠는 끊임없는 장난기로 진지함을 저버렸나. 어쩌자고 내가 그래서다. 음 아빠는 정이 많은 사람이더라. 아빠의 오랜 동역자인 K 전도사님이 했던 말을 빌린다. 너희 아빠같이 잘 웃고 툴툴 털어 버리는 사람은 없다던, 본인은 그 점을 본받고 싶다며 내 어깨를 한번 쓸었다. 다른 칭찬도 했던 것 같은데 그새 가장의 무게에 짓눌려서. 지금 생각해 보면 아빠는 어느 것에도 얽매이지 못했던 큰아들, 그러기 위해선 힘든 당신이 많았으리라. 홀로 할아버지 삶을 풀던 웃음의 가장이던가. 큰아들은 아빠의 과정을 모르기에 쓸어내린 어깨로 시선을 돌렸다. 장모님과 장인어른을 챙겨 줄 때면 생색내지 않고 웃음으로 무마하던. 아마 보이지 않은 삶에서 우리 집을 더 많이 지켜 냈겠지. 추억을 남긴 이유는 결국, 내가 스스로 아름다움을 찾아가길 원해서였다. 안아 주는 날이 온다 한들, 내 안에 어떤 향기로 당신을 건강히 맞을지 주절주절한다.

벚꽃 그물

아무도 관심이 없는 그 거리의 밤, 벚꽃이 피기 시작합니다. 우리가 상상했던 행복만을 주는 분홍도, 곱디고운 순정의 흰색도 아닌, 얇고 여린 그리고 투명한 나비의 작은 날개 같은 모습으로. 너도나도 그러한 분위기를 만들기 위해 하나둘 계속 일은 벌어집니다.

자세히. 아주 가까이 보면 지금 당장이라도 피어 이 순간을 만끽할 수 있는데도 불구하고 꽃은 날개를 말리고 있습니다. 아, 그렇군요. 꽃의 면모는 마냥 기다리는 게 아니라 작정하고 기다려 줄 줄 안다는 것입니다. 저는 꽃이 시간을 기다린다 생각했는데 아니었습니다. 자기 스스로 본연의 모습을 찾을 때까지 있어 주는 하나의 탈피 과정이었습니다. 그러니 개화의 시기는 기다림의 시간이라 부를 수 없는, 주어도 주어도 부족한 자신의 믿음입니다.

내가 보잘것없어 보일 때. 나의 행동에 대해 면박당하기 쉬울 때. 작아진 나를 포기하고 빨리 타인에게 허락하고 싶을 적에는. 엄밀히 따져 보면 나를 통해 그 꽃봉오리가 솟아올라 소리치고 있을 때가 많습니다. 꿈이란 꽃은 저마다의 향기로 자신을 소리칠 줄을 아니까. 그 방향은 부끄럼 없이 늘 직선입니다. 그때만큼의 시간은 시간만을 믿지 말고 나의 과정과 결과를 사랑해 간직하는 사람이 되어야 합니다.

우리 중 하나도 날개를 말리지 않고 날 수 있는 사람도 없고. 말리는 시간을 거치지 않고 날았던 경우도 없었습니다. 급하게 말릴수록 구겨진 채로, 날아서도 수고스러운 자신을 직면하는 과정의 반복을 사무치게 거치니. 궁극적으로 우리는 결핍을 자랑

할 수 있는 사람이 되어야 합니다. 수치스러운 나로부터 해방되는 것만큼 자유로운 게 있을까요.

사람과 꽃이 정말 닮은 부분은 아름다움이 아니라 변화를 지켜볼 줄 안다는 것입니다. 경이롭게 겪은 성장. 아무도 모르게 어쩌면 자신도 모르게 팝콘처럼 순식간에 달라졌다고 생각하는 삶이지만. 그러나 과거의 순간은 순간에 암시되고. 지금 이 순간은 순간의 나를 암시하다는 것을 깨닫습니다.

또 하나 전하고픈 밤이 있다면 어쩌면 꽃봉오리를 즐긴다는 것은 즐거워하는 게 아니라 내게 찾아온 상황을 맛보고 그 맛을 전달할 수 있는 사람이 되라는 말인 것을요. 우린, 아름다움을 표출할 수도 있고. 전할 수 있는 그러한 존재이기에 꽃과 아울러집니다. 어쩌면 이렇게 말할 수 있도록 오늘도 한 덩어리의 꽃. 용기 있는 꽃이 나를 허락합니다.

나의 시는 아무한테서도 살아남지 않는다

3부

예술가의 잔류

세상은 누구나 반드시 불행하다. 예술가는 불행할 것들을 예상해 맞닥뜨리는 이들이다. 소위 가장 가까이에서 불행과 관련된 자질구레한 것을 찾고 엄밀히 건져 맛본다. 고통은 휘발성이 강한 성취이며 이내 사라진다. 자발적인 고통과 더불어 통증을 자처하는 의미는 삶의 표현 수단을 찾게 하는 원동력이다. 그러니까 인간은 고통을 저버릴 수 없다. 누구보다도 불행한 것은 고통을 잊은 인간인 셈이다. 그런 의미에서 누구보다 행복한 삶이란 고통을 사랑하는 노력이고, 고통 속에 사는 인간이다. 망종으로부터 깨닫기 전까지 인류는 이미 행복을 다 순응할 수도 없으며 모든 불행을 더 곱씹을 수도 없다.

늘 고통이란 물을 잠재우고 바다를 깨우는 가장 쉽고 밀접한 인과관계가 형성되는 것이다.

맹렬한 의미

확신이 생기면 포기하지 못한다. 벼랑 끝에 주저앉아도, 온갖 질타를 맞아 쓰라리는 마음 누가 알아주지 않아도. 절대 똑같은 파도 없는 삶. 어떠한 미끄러운 거품과 잦은 굴곡이든 간에 편안한 파도는 고르지 않는다. 악조건 속에도 결과를 받아들일 줄 아는 사람이 확신을 말하니까. 예상과 기대만으로는 확신을 가진 사람을 우러러보게 되겠지. 그러므로 나의 작은 뜻 빛깔에도 확신과 소신을 갖고 게으르지 말 것을. 그 하루를 나에게 가장 많이 노출시키기 위한 노력을 할 것을. 타인을 벗 삼아 쉽고 어려운 파도로 맹렬한 의미를 거르지 않기를 그러한 나의 모습을 당부한다.

시인의 유일한 그때

시인은 살아서도 죽어서도 시가 되려 해야지, 시인이고자 하면 안 된다. 완성도의 기초한 미완이 돼야 하는 거지. 그저 미완으로 불리기만 하면 무슨 소용인가. 작품에는 얼굴을 비추는 힘이 있기에. 나를 보고자 하는 얼굴이 오고 갈 때, 짤막한 그때. 유일한 그때만 시인이고 싶으면 된다. 독자가 작품을 완성시키는 전율의 순간에는 시인이 되니까. 낯선 환호와 눈빛으로 살아가는 것이 작품이니까. 언제든 작품은 순간의 완성으로 있을 테지만, 그러려고 시인으로 존재하겠지만. 누군가 불안정한 시선으로 인정하고 낮출 때 시인이 진정, 시로 맞춰지는 것이다.

벙어리 세대

하루에도 수없이도 무너진다. 보라 익숙하게 흩어진 흙바닥이니까. 반듯하게 털어 보아도 내가 가진 것 중 줄 수 있는 것이야말로 흙과 모래다. 본래 삶은 쌓을 수 없는 즉흥적이고 계획적인 모래성인 줄 알면서도 폭포에 앉아 나를 잡고 쌓아 올리던. 은연중에 흉보고 욕하는 변변찮은 내 이성이 남이랑 다를 게 없어서. 많이 경악스러우면서도 많이 사랑스럽지 못하다. 무언가 깨달아도 말하지 못하고 넘어갈 때로 부패된 세대. 말해야 되는 것을 말하지 못하는 벙어리가 된 것이 아니던가.

그대와 나의 장벽

몇 번이고 길을 잃어도 대수롭지가 않다. 장벽의 갇혀 두드리는 그대의 쓰다듬음. 그 헝클어트린 마음이 상흔을 온전케 닫고, 누렇게 곪아 있던 침묵까지 샅샅이 모아 여린 그때 어떤 반영에게 챙겨다 준다. 아낌없는, 거리낌 없는 소중한 우리의 입김. 이 밤중에 숙제를 끌어안고 사랑하는 것.

엉켜 있는 순간

나는 어디에서 존재하는 일을 했을까. 머리를 만지고, 손가락을 까딱하는, 작은 상처의 움직임. 그 동작들을 자각 없는 하루가 허투루 무시한다. 확신한 척의 경우, 불투명하게 반복돼 보이면 천천히 다가갔던 것을 감정적이고 까맣게. 그 자리에서 빠르게 깨져 버리는 거다. 쌓이지 않을 것은 의미조차나 있을까 싶다. 배부른 마음으로 대하는 일과 사람. 넘어질 각오 없이 버티는 것은 나에게 무감각을 가져다준 것일까. 엉켜 있는 순간순간의 나를 매몰하는, 있을 곳을 다르게 해석해서는 벗어날 수 없다는 것을 알면서도. 바다의 휘어진 염분 앞에서는 뾰족하다.

갈림길

갈등이 없는 길은 없다. 사람이 있는 어떤 관계에서든 관련이 맺어지면 피할 수 없다. 그러니 원인을 돌아가는 식의 탓과 자처는 너무 많은 것을 만든다. 그 길은 내가 정한 최악의 해결 방법이 되는 거다. 받으려는 마음보다 주려는 성숙함. 솔직하고 담백하게 전하는, 있는 그대로의 나를 털어놓는 것이 갈림길을 곧고 굳게 평준화시킨다.

침묵의 눈꺼풀

쓰면서도 무슨 말을 전하고 싶은지 전혀 정리가 되지 않는다. 엉기고 뒤엉킨 복잡한 생각들이 꼬리만 물고 늘어진 것처럼. 그 경우에는 생각의 꼬리를 잘라도 좋다. 다 좋으니 다시 붙일 수 있을 때까지 발효되게끔. 그래도 계속해서 나를 열어 침묵의 눈꺼풀은 떼줘야 한다. 영원한 것들은 확인하지 않아 잠잠함을 지키니까. 묵묵한 그런 상태라고 밝히지 않으면 오해가 되며 잠적. 침묵이 거절이 되지 못한다는 것을 알았을 때는 물리치지 못한다.

억 단위의 관계부터
십 원짜리를 쓰는 것까지

어느 것 하나 쉬운 게 없다. 억 단위의 관계부터 십 원짜리를 쓰는 것까지. 신경 쓰지 않으면서, 다치지 않으면서 적절하게 몸을 챙길수록 리스크가 생기는 거다. 어느 방면으로 위험하든 그렇지 않든 기대가 되고 기회가 되는 삶이란 모험. 좋아하는 그 작은 일에도 전부를 걸 수 있을 만큼 나를 깊이 던져야 하는데. 단단하지 못하다는 이유로 남겨 놓거나 숨어 버린다. 도망갈 데가 없어서 달아날 곳이 없어서 다시 대놓고 쳐다봐야 하는 연말의 여느 나라는 그 모습을.

영원을 품은 익숙함

영원의 실재는 익숙함이다. 어떤 일을 여러 번 하면 서투르지 않고, 어떤 대상을 자주 보거나 겪으면 처음 대하지 않는 느낌의 상태가 되니까. 눈과 마음이 어둡거나 밝은 곳에 적응해 웬만큼 볼 수 있게 될 때. 누군가에게는 쓸모 있거나 나에게는 쓸모없는 사람이 되는 소중한 비교에 빠질 때. 한없이 낯익은 능숙함에 오히려 무능력하게 마음먹는 이 익숙한 과정이 영원하고 싶은 꿈임을. 영원을 품은 익숙함의 달콤함이 착각을 담보로 하는 단적인 예가 아니겠는가.

지금의 불안함을 사랑해야지

우리, 마음이 생긴 그대로 서로에게 넘어지자. 때로는 철퍼덕 때로는 꽈당 그 기류가 아수라장이 되도록. 아련한 눈을 맞추어 오늘의 무르익음을 확인. 너무 몰아세운 지나간 일들 말고 지금의 불안함을 사랑해야지. 현재에 머물며 이 세상에 이바지할 수 있는 것들을 찾아봐야지. 후회 없고 미련 없이 다정해진 날씨를 각별히 바라볼 줄 아는 연습을 표표히.

허구적인 삽질

일상의 지겨움은 무한에 침투이다. 끊임없이 겪는 육체적 정신적 변화로 도망칠 여건이 생겼음에도. 반복에 갇혀 비슷하지 않은 것들을 추적하는 일상, 그 의미 있는 자유. 그러한 허구적인 삽질 속에서 삶의 강렬한 고증을 아로새긴다. 무덤덤 뜀박질, 미묘한 자극의 수순이 알맞은 것들을 실감 나게 자극함으로써 무한의 비약에서 삶의 사실감을 느끼는 거다.

봄의 늦밤

깍 계절 지나 드러난
시간 빼고 그 심정
당신은 당신을 주지 않아서

우물은 절명하기까지 울음이 터지지 않는다
복도가 되어 그는 정신을 구겨 놓았을지도

바람 없으면 없는 대로
있으면 있을 대로
보이는 어딘가 앉아서
불현듯인 것들을 들어 본다

나였어도
지금의 소신을 지킨 머릿속 시를
혹시는 소리쳤을까
하물며 담고 살았을까

무엇이 시이고 무엇이 시가 아니었는지
시를 쓰는 시인 말고 다 말해졌을 텐데

여린 밤은 별이 실조로 쓰러진다

유일한 승리

길고 지루한 자신과의 싸움이 유일한 승리다. 나밖에 없던 가파르고 고된 아름다움. 가 보지도 않은 아득한 저 끝을 기억하게 하니까. 평온한 만큼 보이지 않은 풍경은 아프잖니. 희열과 쾌감이 전부를 가져다 두지는 못하도록. 그러니 지나온 만큼만 더 당황하고 헤매자. 주위를 헤매는 이곳이 우리가 말하던 행선지니까. 고스란히 묻은 한 걸음의 근력으로 외롭지 않은 혼자가 돼 보자. 함께 또는 같이, 내가 가는 지금 이 길을 오를 데 없이 걷는 거야.

사랑이 열심히 거름이 되어 주는데도

세상이 아무리 수십 번 수백 번 수천 번 변해도. 사람, 사람의 마음을 알려는 그 노력만은 쉽게 변하지 않는다. 오늘도 마음이 말썽이다.

사람은 거름으로 일궈 낸 꽃이자 꽃으로 버무려진 거름이다. 본래가 흙이니 거름이 되어가는 순리가 못 미덥게도 자연스러워서. 자의든 타의든 나를 피워 낸 만큼 꽃잎을 떨어트려야 되는, 사람이 지는 그러한 모든 과정.

누군가 열심히 거름이 되어 주는데도 꽃이 피지 않는다고. 나를 다해 기도하는 눈물이 헛된 거름으로 남을까 봐. 기대했던 꽃이 되지 못할까 봐 무서워서. 그렇게 거칠고 연약한 거름을 받아들이다 보면, 나의 존재 자체가 꽃임을 시인하고 다니는 말의 뱉음이 가장 큰 거름이 됨을 깨닫는 걸까.

복기復棋

일과 행동에 따른 승패가 결정된다. 일사천리 하게 넘어간 작은 것들이 두 눈에 아주 크게 확대되는 것이다. 또렷하게 보이는 힘든 상황은 다시 회복할 수 있는 일종의 기회다.

바둑 기사들은 경기의 승패 관계없이 복습 과정을 거친다. 모두가 잘 아는 바둑 용어 복기復棋. 좋은 일, 나쁜 일, 패배, 그리고 차마. 승부의 승리마저 작은 에너지가 따르기에. 복기는 삶의 모든 부분에 뼈아픈 회복이지 틀린 부분만 단련하는 오답노트가 될 수 없다.

단련하면 할수록 더욱더 재빨리 이겨 낼 수 없다. 이런저런 풍파는 우리를 다치고 여물고 성장하게 만들 뿐이다. 어찌 하루하루 다치고 여무는 사람이 없겠는가. 모든 불안의 값어치는 똑같다. 그래서 지속하는 사람이 여정을 아는 것이다. 그리고 그중 복기를 하는 사람만이 성장한다. 과거와 현재를 연결해 더 깊고 솔직하게 모든 나를 다시 두는 사람. 다음 힘든 일에 더 멋진 패배를 자신에게 안겨 줄 수 있는 사람이 되어 보는 것은 어떨까.

하나라도 맞고 틀린 것이라는 게 있을까

간절함이 더한 기회를 가져다준다. 경험과 상처에만 빗대어 이게 과연 될까라고 머릿속에서 계산해 버리던 날들. 부지런하지 않아도 당장 실천하면 망설임이 터무니없음을 일깨워 준다. 오로지 후회할 수 있는 것은 최선을 다하지 않은 자신뿐이니까. 간절한 만큼 움직이고 더 간절한 만큼 최선을 다할 수 있는 거다. 눈빛은 그 사람의 간절함을 보여 준다. 독일로 어학연수를 가고자 했을 때 면접을 보던 옆의 사람이 나보다 더 간절해 보였다. 내가 이만큼이나 준비했음을 보여 줬다기보다 앞으로 얼마만큼 준비할 수 있는 사람인지가 느껴졌다. 어떻게든, 무슨 수를 쓰더라도 그곳에 적임자 됨을 고려했으면 그곳에 갔었을 거다. 마음의 색을 말하는 눈빛. 눈빛에서부터 져버린 나는 대체될 수 없는 사람이라는 것을 알리는 순간 휩쓸려 버린다. 서서히 나를 대입하면 세상에 하나라도 맞고 틀린 것이라는 게 있을까. 어려움의 초입은 나에게 두려움을 주지 않으려는 것에서 시작된다. 돌아가기를 희망한다면 더욱더 어려움을 나에게 주지 않으면 된다. 쉽고 아쉬운 것들만 찾아다니면 돌아갈 듯 보이지만 돌아올 수 없는 기회가 주어진다.

'개인적인'

'개인적인' 단어를 떠올리면 무책임, 냉정함, 침범할 수 없는, 감정을 개입시키지 않는 등등. 온통 부정적인 생각들이 뒤따른다.

사전을 찾아보기 전, 나에게는 개인적인 단어의 반대 이미지란 단체나 집단이었다. 다시 말해 집단에 적응하지 않으려는 어딘가 뾰족하고 이기적인 아웃사이더. 나밖에 모르는 부적응자만이 개인적인이라는 말 앞에 두루뭉술하게 설명될 뿐이었다.

그러나 '개인적인'의 반대어는 '공식적'이다. 그 뜻은 틀에 박힌 형식이나 방식에 딱 들어맞는 것을 말한다. 단어 풀이에 맞춰 개인적인 것들을 다시 정의해 보면 스스로 무언가 한계를, 특히 나의 한계를 정형화시키지 않으려는 노력. 그 얇고 두꺼운 선이 개인적임을.

더 깊이 생각해 보면 내가 보유한 것들을 비교하고 상하도록 꼬집는 게 다가 아니며. 가지지 못한 앞으로 가져갈 것보단, 가 보지 못한 앞으로 가져갈 길을 내포하는 사람의 존엄한 향을 말하는 것임을.

나를 관통하는 것

인지나 고통은 나를 관통되는 것이라 생각합니다. 엄밀히 비유하자면 거울보단 화살이나 총처럼. 힘을 주기에 꽂혀 있거나 박혀 있는 상처. 그 상처들이 외면한 시간으로부터 마음을 한 방에 뚫고 지나갈 수 있도록 해 주세요. 그 끝을 끝까지 마주 보아 저 멀리 날아갈 수 있도록. 지나간 곳이 아물 수 있도록. 나를 감추지 마세요. 그러면 사라집니다. 피어납니다.

우리는 죽는 것보다 남겨지기를 두려워한다

사람은 변화의 동물이다. 변화 없이 영원하려 들면 죽은 거나 마찬가지. 그러므로 꿈은 마음의 변화를 일군다. 적응하려 든 나의 둔한 몸이 움직이면 적든 많든 시간은 계속해서 변화를 주려는 쪽으로 움직인다.

그래서 꿈 없이는 살 수 없다. 꿈은 기대를 만든다. 나 자신을 향한 누구도 줄 수 없는 사랑을 샘솟게 하고. 주변 소중한 사람들의 뜨거운 말로 거울이 되던. 따라서 나를 살게 하는 차갑고 따뜻한 소중한 환호의 자양분.

우리는 죽는 것보다 남겨지기를 두려워한다. 무

언가 반복해 몰두하고 집중할 수 있는 것이 있다면. 그것을 꾸준히 하려는 책임감을 가질 수 있다면 오히려 남김없이 나라는 변화를 만들어 준다.

풍요로운 해석

우리는 상처에 기반해 의미를 부여한다. 어린아이 때는 그 몇몇 상처 덕분에 성장을 이뤘지만, 어른이 되어서 받은 상처는 거진 양날의 검이 되기도 한다. 그래서 개인의 상처 수를 계가計家할지 말지 결정은 오로지 본인의 몫이다.

곧 상처는 다음 상처로 누적되는 것이니까. 단순한 예를 들어 크레이프 케이크 중간을 먹으려면 가장 위부터 순서대로 돌돌 말아 먹어야 하는 법이다. 이처럼 상처는 나약한 대로 하나씩 들춰야 해결되는 것이리라. 하물며 주변에 두껍게 쌓인 나를 털어내는 작업이지, 터트리거나 꿰매거나 아물어가는 외관상의 수술 혹은 시간이 주는 치료가 아닐 것이다.

마음의 상처는 풍요로운 해석에서 비롯된다. 사람은 늘 주관적인 신념에 의해 살아가기에 모든 현상들을 객관화하여 적용하기란 힘들다. 개인이 해석하는 범주 내에서 자신의 상처는 그 현실을 객관적인 입장을 고수하기 어렵게 돕는다. 상처받을 때, 같은 상처를 받았던 어릴 적 내가 찾아질 때까지 무방비 상태로 내버려 두지 않는 노력. 내가 나에게 단단해지지 못하도록 이간질하는 역할을 내어주지 않는 거다.

그러므로 성장은 극복하기 위한 상처를 받는 것이고, 성숙은 스스로가 그어 놓은 성장의 경계를 넘는 일이다. 내가 만약 아이라면 어른이 되면 되고, 어른이라면 다시 아이 되기를 주저하지 않기를. 그 고유한 의미 부여(철학)의 시작은 곧 모든 상처를 동여매고 다 모른다고, 다 알았다고 말할 수 없는 자그마치 객관적인 삶의 철통같은 자세를 이루겠지.

우리의 가장 큰 결핍은 채워진 상태

마음이 비어 있는 상태를 두고 볼 수가 없다. 그럴 때면 우리의 헛헛함이 양을 잃어버린 양치기처럼 그 마음의 전부를 할애한다. 사실 양치기나 나의 호수나 무언가 잃어버리는 일은 비일비재. 온전히 나의 것이라 생각했던 더 많은 쪽의 양들을 과감하게 둔 채 위험을 무릅쓰고 잃어버린 것들을 찾아 나선다. 하나의 작은 양이 더 가치가 있어서일까. 무리를 지은 양들에 익숙해져서일까. 그렇게 온종일 나의 하루를 다 써 양을 찾다 보면 모든 것을 잃어도 아무렇지가 않다. 다시 이 소각된 상태가 나의 모습이려나. 각자의 결핍이 있을지언정 우리의 가장 큰 결핍은 채워진 상태라는 것을 깨닫게 되는 거다.

그릇 그대로 부으면 그릇 가에 나만큼
당신이 남는다

나의 모양이 어떻든 크기가 어떻든 무엇이 얼마큼 담겨 있든 간에 중요한 것은 어떤 식으로 다른 그릇에게 덜어 줄지다. 국자를 쓰면 예상치 못한 곳에 마음이 뚝뚝 떨어지어 내가 얼룩지고. 그러자니 그릇 그대로 부으면 그릇 가에 나만큼 당신이 고스란히 남는다. 내 입가에는 기름 가득한 시퍼런 향기가 내내, 나는 덜어 내는 연습이 부족하다.

요새 드는 생각은 나의 그릇이 작다는 것이다. 주어진 일과 주어진 관계 생각보다 그 도량을 아는 것과 별개로. 사람을 또는 사람끼리 품에 껴안아 너그러움이 절실한 터이다. 원래 그릇이란 담겨 있지 않은 시간이 더 길며. 그 크기란 설거지로 부대낄 때만 알 수 있다. 내가 가진 거품과 기름기를 흘려보낼 수 있다면 사리와 형편과 조건을 따지지 않겠지.

마음이 담겨 있다 한들 꼭 고기와 같은 건더기만 내주는 것도 아니고. 마음이 없다 하여 싱숭한 국물을 퍼 주는 것도 아니기에. 대패 종잇장 같은 마음, 오래 우러난 그 마음을 동일시 너그럽게 포용해 주자. 누군가 나를 위해 떠드는 것은 그 마음속에 내가 한 자리가 자리 잡은 턱이니까. 마음의 가치를 행동과 눈빛으로 폄하하기보단 지금 내게 오가는 식기의 물기를 닦고 정성껏 내수자. 어쩌면 내 시람으로 만드는 하나뿐인 기회가 된다. 나를 아끼어 내주다 보면 누군가의 그릇에도 자신을 비추는 감각이 생기기 마련이다.

아름다움이 슬퍼도 좋았는데

사람은 사람으로 덮어지지 않는다. 남겨진 말투 입술이 말하고. 한 사람뿐이던 그 표정이 또 하나의 얼굴이 된다. 우리 저물어간 데도 참 좋았는데. 아름다움이 슬퍼도 좋았는데. 서로의 내면을 꾸밈없이 수식할 수 있었는데.

바글바글한 우물

연애가 하고 싶다면 이성이 있는 곳에 나를 노출시켜야 한다. 어떤 사람이 나랑 맞는지, 안 맞는지 아는 직관이 형성되려면 그만큼 많은 이들을 만나 보는 경험이 필요하다. 기회는 어떨까. 기회는 불현듯 오지 않는다. 그리고 어떻게든 되겠지라는 막연한 곳에서 오지 않는다. 이 일만큼은 내 몫이라 생각한, 스스로의 고민이 담긴 할당치. 어떤 기회든 무게를 가지고 벌여 놓은 일들 중에 일어난다. 기회는 말랑하지 않아 단번에 먹을 수 없다. 매일 우물의 물을 긷는 사람처럼. 저마다의 빈 양동이를 챙겨 우물로 향해야 한다. 그렇게 꾸준히 살다 돌아보면 지금 이곳이 누군가로 바글바글한 우물이 된다. 그러니 비틀거려도 방향은 가리키며 꿋꿋이 나아가는 확신으로.

마음이, 갈 곳을 뻔히 아는데도

비극으로 가는 빠른 길은 스스로와의 타협이다. 해 보지 않은 일의 타협은 일어난 사람을 다시 재우려는 자장가. 자신의 잠재력을 두고 보지 않는 마음이, 갈 곳을 뻔히 아는데도. 주인의식 없이 선택을 포기하고자 최선만 고르는 나는. 내가 할 수 있는 최고로 어리숙한 양보다. 그것은 주위에 나무보단 숲을 보라 말하면서 정작 당사자는 나무를 한 번도 보지도 않고 숲으로 향하는 사람이나 마찬가지다. 요즘 느끼는 것은 한 사람이, 스스로 깨닫게끔 하는 그 경지가 상당한 관록이 필요하다는 것이다. 요리조리 어줍잖게 말을 던져봤자 말은 다시 썩어 버려지고, 버려진 씨앗은 다시 나의 밭 갈굼을 주의 깊게 돌아보게 된다. 모든 길은 알아서 척척 생기지 않던. 내면의 밭을 가려면 나의 고통을 아는 만큼 나의 가치를 드넓게 파는 일이고. 나를 갈아엎는 것이 헛되지 않은 크나큰 품앗이가 된다.

시와의 헤어짐

시와의 헤어짐을 좋아한다. 마음에 드는, 잘 써 놓은 글을 지우는 데에 온 정성을 들인다. 지워 낸 글은 그 즉시 이별을 맹렬히 마다하고 내게 저돌적으로 돌진한다. 지금 이 거리의 나를 닿는 데까지 헤집어 놓는다. 충분히 씩씩대며 시가 고통의 뿔로 나를 받을 때. 그리고 철위산 변두리로 굴러갈 때. 어떤 의미와 어떤 아픔과 어떤 고독의 말을 아낄 때. 이럴 때 나는 심하게 시를 삶으로 받아들인다.

유형길이지만

유형길이 유형길일수록 나라고 할 수 있지만
갑자기 나이고 싶을 때 그때는 유형길이 아니다
그때를 폭로해야 한다
그때는 분주해야 한다
그때에 야유해야 한다
그때만 경계해야 한다
그때도 의연해야 한다
그럼에도 나의 묘연함을 사랑해야 한다

문학의 힘

문학은 나를 동여매기도, 누그러트리기도 합니다. 한순간에 펼쳐지고 또 닫히는 서광曙光처럼. 또 문학이란 증상은 나를 내몰기도 하고 나를 늦추기도 합니다. 희망의 징조가 영혼 그 강기슭을 배회하죠. 시라는 대화가 주던 알 수 없는 편안함. 무슨 수로 홀로 있는 봄이 다시 올 수 있단 말인가요.

나 자신의 몫을 정하는 것임을

도저히 영감이 떠오르지 않을 적에는 이상한 짓을 한다. 밥을 더 많이 먹는다든지, 한 숟가락 먹을 것을 반 토막을 낸다든지, 일어나고 싶지 않은 시간에 일어나 운동을 한다든지, 고함을 지르며 뜀박질을 한다느니 가르마를 반대로 바꿔 보기도 해. 그럼 뭐 하는가 내면의 변화가 없는데. 아무래도 나의 감각은 동면에 들어간 곰처럼 깊어 깨어나지를 못한다.

시집을 읽는 것은 쓰는 것만큼이나 참으로 고통스러움을 겸비한다. 우악스러운 진실은 자꾸 나를 마주칠 때마다 어려워 숨고 싶어지니까. 책을 낼수록 하고 싶지 않은 일종의 고민이 생긴다. 차기작을 얼마나 더 완성도 있게 만들 수 있는지에 대한 고민보단. 내 삶을 얼마나 더 완성도 있게 바라볼 수 있는지. 정작 부끄러움이 있다면 의식하긴 하는지. 사유의 분쟁 그리고 감정의 앞다툼 사이에서 피와 땀을 흘리며 의구심을 품게 된다.

나는 잘할 수 있다. 잘해 온 것과 잘할 수 없던 것까지. 잘할 수 있는 것과 앞으로 잘할 수 없는 것을 잘할 수 있다. 나는 잘할 수 있는 것과 잘할 수 없는 모든 것을 감당해 낼 자신이 있다. 내가 배운 것은 나 자신의 몫을 정하는 것임을.

고민의 강약

해결이 되든, 되지 않든 나를 거쳐 가야 한다. 사건의 시작과 끝도 결국 고민으로 삼는 것은 나 자신이니까. 다짜고짜 누군가를 나라는 타인으로 정하여 질문 공세를 퍼붓기 전에 나 자신을 알자. 자신을 알아가는 중인 사람은 자신을 물을 줄도 안다는 것이며. 스스로에게 먼저 물을 수 있는 사람은 무엇하나 지나치지 못하는 이러한 현실을 가장 눈여겨보는 사람인 것을.

고민의 강약을 정하지 말고 잃어버린 나에게 집중한다. 천천히 그래도 반드시 돌아온다는 것을 아니까. 그래도 안 되겠으면 고민을 일삼지 말고 이를 알려 줄 나의 행방을 찾는다. 실마리를 풀려면 실의 행방보단 실을 잡고 있는 주체가 누구인지 아는 것이 중요하다. 헝클어진 것은 누구인가. 지금 헝클어진 것은 그 사람이 아니지 않은가.

단언컨대 나를 가장 잘 아는 사람도 모르는 사람도 나다. 그럼에도 불구하고 기어코 나를 알아 갈 수 있도록 도움을 주는 것도 나다. 어느 누구에게 처지와 상황을 말한들 당신의 불행을 당신만큼이나 정확히 알아주지 않는다. 그러니 당신의 행복도 당신의 그 웃음만큼 울고 떠들며 누릴 수 없다. 당신은 죽어서도 하나밖에 없는 당신이니까. 내가 나의 불행과 행복을 모른 체한다면 그것은 살아도 무의미할 것이다.

금방이라도 떨어질 듯 말 듯 한
언어를 붙잡고

때로는 내가 어딘가로 흘러가는 존재라는 게 받아들이기 힘들지. 그래서 연신, 금방이라도 떨어질 듯 말 듯 한 언어를 붙잡고 사랑과 증오와 같은 문장을 만들기도 해. 서서히 아주 서서히 사라지는 상실의 꽃다움과 향기를. 서툴게 부서지는 짧은 그 순간을 이해할 수 없음에도 왜 다가가게 해. 무릇 나의 신음을 깨닫는다는 것은 무서운 일이야. 소스라치게 슬픔마저 잿더미로 있게 하니까. 너는 알지, 비바람과 허무의 폭풍을. 그날의 풍경이 숨이 막힐 듯 부둥켜안으면 서로의 고결한 입맞춤도 나아갈 방향을 잃고. 지워가는 것들을 조용히 읊조리게 하니까.

굴복의 재정의

견딘다는 것은 굴복이 아닙니다. 고통에게 지배받는 무력한 시간이 아니라는 겁니다. 견디지 못하고 있구나 인지하는 지금 모습은 내가 잘 싸우고 있구나 잘 싸워 내는 중이구나 생각할 수 있을 것입니다.

기다림 자체

기다리고 덜 기다릴수록 원하는 삶에서 멀어진다. 이십 대의 고민이란 하나의 기다림 자체가 아닌 것을 이미 우린 서로를 통해 익히 알고 있어. 준비하고 애원해도 세상엔 완벽한 부딪힘이 없다는 것을 배우니까. 아무리 사랑해도 사랑이 아닌 것들로 채워 놓잖아. 나는 그게 미안해서 이제야 고개를 들어. 당신이 말한 우리처럼 깨지고 아프고 다시 다치는 것까지 감수하며 출발 지점을 독려할게. 보이지 않는 안개를 헤쳐 나가면서도 그날의 당신이 아닌 나를 찾을게. 자욱한 우리는 영원한 너와 나로 구별될 것을 아름답게 그리워하며 별빛을 바로잡을래.

나의 순간을 닦아 낼수록

타인이 아닌 나로서 내 안 깊숙이 저어 내야 한다. 타인은 부러지거나 짧아서 바닥을 다 휘젓지 못하는 것을. 건더기는 아래에만 뭉쳐 겨우 단내 나는 사람인 줄 보이게 한다. 무엇이 무엇의 단단함인지 모르는 사람. 안절부절못하던 이제부터의 물기가 곳곳에 튀기는 거다. 타인의 흔적으로 나의 순간을 닦아 낼수록 그 안에서는 내가 아닌 것을 알아내니까. 나아가지 않았어도 결코. 빗나가지 못했던 사람은 아니었으니까.

복원을 헤매며

이듬해 내 노력이 품은 기대가 풍비박산이 났다. 오만 없는 파괴는 잔인하고 극악무도한 것이 아닌, 실존 그대로의 복원이며 성장통이지 않을까. 돌연 마주친 불가항력의 말미, 샅샅이 파헤친 종말 앞에서는 그 무엇도 완전하게 돌아가지 않을 수 없을 테니까.

공연 실황

사는 것이란 움직임입니다. 여러분은 어떤 식으로 하루를 묻어 두고 떠나보내려는지 찾아보니 사전에서는 움직임을 세 가지로 정의합니다.

1. 멈추어 있던 자세나 자리가 바뀜. 또는 자세나 자리를 바꿈
2. 가지고 있던 생각이 바뀜. 또는 그런 생각을 함
3. 어떤 목적을 가지고 활동함. 또는 활동하게 함

그래서 세 가지 움직임에 맞춰 저의 항목을 만들어 보았습니다.

A. 나는 오늘 얼마만큼이나 자세를 고쳐 앉았고, 얼마나 자리를 사수하기 위해 노력했는지
B. 나는 오늘 얼마만큼의 생각이 바뀌었고, 또 얼마만큼의 생각을 지켰는지
C. 나는 오늘 어떠한 목적이 있었고, 그 활동이 내가 가진 목적과 연관이 있었는지

한편으로는 이런 생각이 들더군요. 항목의 연속이 인간의 숙명이라면, 항목을 지워 나갈 때만 행복을 느끼는 것일까. 삶은 항목을 만들어 지키는 것도 중요하지만, 채워갈 때마다 다시 항목을 추가하는 것도 간과할 수 없음을. 혹여 이 정도에 만족하고 기뻐하지만, 크나큰 기쁨일지언정 그 시간은 짧기에 다시 헤쳐 나갈 때마다 지표를 세워야 합니다. 그 지표의 세워짐이 하루를 단단히 지켜갈 수 있게 해 줄 것입니다. 자신을 향한 이유 있는 비난과 칭찬이 공존하는 건강한 움직임을 가져갈 수 있기를 바랍니다.

저마다의 나로 흩어지게끔

아무리 생각해도 사랑은 기억이 아니라 기록인 듯하다. 기억은 저마다의 나로 흩어지게끔 서로를 악물고 있으니까. 오히려 기록은 끊어져도, 저만치 달아나도, 메말라가도. 우리의 기억까지 지킨다. 사랑은 과감할수록 허물어지고 부식되지 않는다던. 고요만에 가까워지고 멀어지는 소음을. 나의 너다움을 지켜 줌이 네가 나다워지는 계기인 것을 누가 알았겠는가. 무엇인지 모르겠을 때는 멈춰도 돌아가도 앞서가도 좋다. 그래도 그것만은 기억해야지 아, 사랑은 무엇인들 무엇이지 않을까.

선명하게 살려는 노력

무엇이 됐건 춤을 추었으면 좋겠습니다. 뜻하지 못한 상황에 서로의 허리를 잡지 못할지라도. 경쾌한 곡으로 레버를 돌린 뒤, 미래의 어여쁜 순간들이 곧 이 순간인 것처럼 리듬을 타렵니다. 삶은 선명하게 사려는 노력이 중요한가 보네요. 그저 오늘을, 정말 하고 싶은 것을 잊기 위해 흩날리고 있었나요. 버틸 수 있는 작은 것이 있다면 그것이 전부인 양 부둥켜안고 마음 밭에 심을 거라고 다짐 빼고 모두 심었을까요. 음, 의미 있는 것들은 그 자리에 생생하게 장식하지 못했을 때 빛을 발하는 거라고 나는 말하렵니다. 그렇게 믿으렵니다.

위로의 안팎

춥다고 길을 걷지 않을 수 없었다. 멈칫한 칼로 방향이 바뀌지는 않았으니까. 어딘가에서 울먹이는 소리가 들린다. 그러나 전화 내용을 듣기 위해 심혈을 기울이기보단 얼마큼 아파하고 있을지 가릴 수 없는 작열의 이모저모를 느낀다. 그저 그가 세찬 바람과 어우러져 애처로움이 가시는 곡주가 되기를. 때로는 같은 장면에 서서 소멸하는 것이 더 큰 위로일 수도 있겠다고. 그러한 조각의 동승으로 삶을 임한다.

영감은 무엇을 어떻게 듣는가에 의해서 박자가 지정된다. 그것이 삶의 울림 줄일 수도 있고, 소리가 없는 마음의 우당탕일 수도 있겠다. 사람이 같은 곳을 얼마나 서성일 수 있는지 어엿한 마음이 몸과 정신이상의 지배를 가지는 거다. 그 정신이 깃든 상태에서는 울기 위해 웃음이 잦은 것이고 웃기 위해 오래 울고 있는 것일까.

위로를 할 적에 억지로 주려 하면 엇나간다. 상처는 차고 넘치도록 받아지긴 하겠지만. 받아 낼 대로 받아 낸 상처에다가. 받아 낼 수 없는 무례를 요구하면, 받을 수 없냐고 야단치면 그것참 곤란하다. 내가 힘들게 키운 아픔은 나의 안에서만 아픔으로 불리기에. 그것을 덕으로 이용하면 마음으로 가기 전, 사람의 문을 닫게 하는 요지가 된다. 시선 안팎에 장면을 모조리 헤집어 놓는다 한들 존재의 틀에서만 국한되는 내가 그일수록 나는 절대 그가 아닐 거다. 곧지 않아도 되니까 나의 일을 하며 그렇게만 나로 주변에 묵묵히 있는 것이 한편으로는 최고다.

그 카페

빨대가 입안에 거쳐 가는 동안 생각했어요. 쓰다 듬지 않은 글이 살아 있을 수 있을까 하고. 어쩌면 내겐 쓸모없고 소용없는 문장은 없을지도 모르겠네요. 쓸모없고 소용없게 그 상태로 멀리 보내고 제쳐 두는 나라는 사람만 있어요. 달력을 빼곡 빼곡 아무 짝에도 쓸모없고 아주 소용없이 고요히. 시간을 내 열심히 만든 글이 있는가 하면 글이 나를 열심히 만들어 줄 때가 더 있어요. 글과 나 어느 누구도 소유권을 주장하지 않을 때는 아닐까. 나를 잠잠히 재우죠. 서로의 주위에서 아름답게 꽂혀 있지요. 그래도 될까요 같은 양분을 받으며 꽃밭처럼. 아끼지 않고 족족 보내 버리는 나라는 사람인데도 그 자리에 있어 주네요. 글과 사람은 일맥상통하게 아끼고 아껴하는데. 정직하고 있는 그대로의 나로 완성도 있어지고파요. 나와 다른 글로 쌓여가는 것은 괜스레. 거리감이 생기는 일이니까요. 지나간 후에 다음 소재를 아끼고 있었던가 해요. 글은 간혹가다 다 가지 못하고 계속해서 저자와 살아 있을 테지요. 소재를 기다리지 말고 잡아 오고 싶어요. 소중한 청첩장을 곱게 접으며, 처음에 불현듯 떠오른 그 소재를 중심으로 조심히 모셔 와 누군가에겐 종이로 닿을 때까지 쓰다듬어요. 그 환호를 나와 함께 보내 주는 것이 기대가 돼요.

처음부터 불안

태동에서 흔들린 채로 있었다. 부동자세로 있기를 어려워하지만 우린, 요동치는 것에 익숙해지지 않아도 자연스러웠다. 직진과 그 반대. 거꾸로 말하기를 겁내는 것은 혹 뒤집히지만 않아서 아닐까. 어쩌면 내 쪽으로 휘감는 유턴을 말하는 거고. 나아갈 방향을 가리키고 모색하는 자도 이에 해당되겠지. 계속해서 그 어딘가를 나아가야 어쩌다 만나는 내가 반가운 것이다.

누군가 손가락으로 미는 날에는 그 이상으로 기울어진 채로 버티다 중심을 잡는 데까지 꽤 걸린다. 육안으로 보기에는 흔들리고 있을 테지. 한사코 말기에는 흩날리고 있을 테지. 두 귀로 듣기에는 흩어지고 있을 테지. 왜 더 걸리는 것이지? 저마다 세운 중심이 없어서일까. 중심 없을 때로 흘러가기를 즐겨서일까. 영원으로 해방되는 곳에서 모두 옳고 그름에도 불구하고.

이토록 불안에는 맛이 있는데 왜 느껴야 하는가. 흔들리면 흔들릴수록 불안감을 맛볼 수 있는데 말이다. 반면 아무것도 흔들리지 않을 때에는 맛보지 못하고 느껴야만 하는 불안이 크다. 짜고 쓰고 매운 조마조마가 연속되지 못하면 무엇을 먹어도 말할 수 없다. 한 번씩 느끼곤 하는데 무엇을 느끼는지 모른다. 얼굴만 내밀고 동동 떠내려가는 머리의 수가 늘어난다, 삶에 먹히고 살기를 허락한 심연의 나일지도. 창조하고 파괴하고 다시 내 것으로 흔드는 과정이 불안이기에 그 자리를 꼭 채울 필요는 없다. 도달한다 싶으면 파동이 되고 분해된다. 한 번씩 나의 손으로 나를 족치고, 때려눕히고, 일으키는 그 맛에 사는 걸지도.

어떤 때는 멈춰서, 어떤 때는 달려서,
어떤 때는 마치 물구나무서듯이

그녀는 나를 물구나무서듯이 길을 걸어가는 사람이라고 했다. 물론 그게 정확히는 무엇을 뜻하는지 궁금했지만 되려 빠르게 추궁하지는 않았다. 마음이 기우는 상태에서 거칠게 캐내면 다치기 마련이니까. 추하지도 아름답지도 않은 시선으로 그저 있는 그대로 바라봐 주는 표현들은 오래오래 상하지 않는다. 그 표현은 사람을 다각도로 기울이게 해주는 내진설계다. 미래를 느끼는 마음의 방향은 좋고 싫음 혹은 좋고 나쁨 두 군데로만 휩쓸린다고 볼 수 없다. 구체적이고 정확한 표현은 사람을 유일하게 만든다. 그저 관성대로 살아가는 것이 아니라 어떤 때는 멈춰서, 어떤 때는 달려서, 어떤 때는 마치 물구나무서듯이 살아가는 사람이라며 본격적인 서커스의 춤을 생각나게 한다. 발바닥을 하늘로 향하는 행위는 누군가 그 이상의 부드러움을 지탱할 수 있게 하는 신뢰의 버팀목임을. 가까이 있든 멀리 있든 주변에 머물수록 아낌없이 기운다. 낡고 닳아 없어질 만큼 달리다 보면, 녹아든 마음이 다시 형태를 가질 때 서로를 끌어당긴다. 그럴 때 우리는 마음을 너그러움이라고 부른다. 잡아끌던 유예의 꽁다리에서 그들은 물구나무선 사람 위에 발을 맞대고 올라가 관측자가 되고. 또 뒤바뀌어 밑에선 사람의 속도를 지탱하는 중심자가 된다. 높은 곳과 깊은 곳의 나약함 그 무자비함을 안다면, 균형을 잡고 발을 맞대어 살아가는 것이 얼마나 어려운지를 느낀다면. 어설프게 가늠하지 못하고 제 발로 내려놓을 거다. 그러니까 삶을 떨림으로 부르기 위해 적나라한 고통을 온전히 듣고 온몸으로 부대끼자던 그녀의 한결같은 동작이 미세하게 와닿는 거다.

물기의 근원

물줄기가 나오기 시작하는 곳에는 물기가 존재하지 않는다. 그래도 찾기 원한다면, 모든 부풀어 오름을 쪼개어 나를 비추는 작은 토시에서 주워 볼 수는 있다. 가능하고 또 가능하지 못한 마음. 비스듬하게 잘라 낸 그 가느다란 배열에는 내가 생각해 놓은 펼쳐짐과 대상을 찢어 놓은 흩날림. 진릿값을 대변한 똑같은 줄이 균등하지만 거꾸로. 불편한 손바닥을 짚어 갈망의 비롯됨을 대신하고 있다.

나는 내일보다 내일의 나를 양념하고 있다. 달아나는 내림을 볶고, 움직이는 건드림은 튀기던 삶의 조리 방식 차이. 우리가 내뻗치고 힘을 모아야 하는 무리는 따로 있다. 끓는 마음, 낟알 따위에 가함이 무슨 소용일까. 흔들고 흔들어 내는 질문이 오므린 머리를 짜내고 정성껏 가벼움을 매콤하게끔 뒤섞는다. 돌이키고 생각하는 자세는 과거의 나를 연속적으로 살도록 파생한다.

갑작스러운 의미라 할지라도 모든 탁 놓음을 떠본다. 떠오르는 시간적 독립, 공간적 처지, 시간의 뒤태. 우리는 거기에서 살포시 그리고 살며시 행동과 얼굴을 잡아당기던. 단기간 달아 놓을 수 있는 실제이면서도, 의미 있고 힘찬 존재임을 잊고 살기에 현실에 실재한다.

흔들리기를 주저하지 않기

어떻게 살 것인가라는 고민은 해도 해도 부족하지 않다. 지끈거림은 잘 살아가는 기준이 좁혀진 하나로 국한되지 않게 하니까. 내게도 삶의 부와 명예로 짓눌리지 않은, 우직한 결심이 생기는 거다. 그렇게 세워진 굳게 정한 마음. 세상의 흔들림이 올 때 흔들리기를 주저하지 않게 하겠지. 나를 나로 만드는 것은 후회와 미련으로 채우지 않던. 소중한 어스름으로 채워진 오늘과 내일을 아우르는 고민이겠지.

더더욱이 완벽하게 준비되는

완벽하게 준비되는 순간은 없다. 더더욱이 완벽하게 준비되는 나는 없는 거다. 그대로 하루에도 수백 번 찾아오는 마음이 꺼리거나 염려스러움. 두려움의 대상, 두려워함 자체 그리고 두려움의 이유. 두려움이 아니라 두려워하지 않으려는 마음을 앉혀 맞서 싸워야 된다. 다시 일어난대도 물리쳐야 된다. 두려움을 해결하고 시작한 일은 무작정이라고 할 수 없으니까. 좋고 나쁨을 가릴 수 없는 오로지 나의 순간인 거다.

겨울이 낳은 봄

소복이 쌓이는 고통 속에서 존재의 의미를 찾아가며

당신의 서랍

연말이면 괜히 서랍을 열어 철 지난 옷을 떠들떠 봅니다. 내게 맞지 않는 옷을 입고 살았던 적은 없는지 살펴보는 것이겠죠. 당신의 서랍에는 입고 싶은 옷이 더 많나요 입고 싶지 않은 옷이 더 많나요. 아무렴 당장은 아니더라도 마음속 서랍을 열고 생각에 잠기고는 합니다. 나는 이 시간을 자기를 직시하는 중이라고 하고 싶습니다. 올해를 정리하기 전에 거쳐야 할 것이 있다면 자신과의 정면 승부일 테니까요. 한참을 그리고 또 지나 버린 한참을 입으로 뱉기 전에 적어 내야 하는 언어들이 존재합니다. 특히 언어는 전달되기 전에 내가 감당해 익혀 놔야 되는 부분도 분명 있습니다. 사랑을 대표해 몫이 있다면 소중한 이에게 전해지기 전, 종이에 수북이 적혀 있는 사랑 받을 이와 사랑할 이. 그 누구도 언제인지 모르는 이면이 필요한가 봅니다. 고맙습니다 여전히 언제나.

낭만실조

1판 1쇄 펴낸날 2023년 06월 15일

지은이 유형길

책만듦이 김미정
책꾸밈이 서승연

펴낸곳 채륜서
펴낸이 서채윤
신고 2011년 9월 5일(제2011-43호)
주소 서울시 광진구 자양로 214, 2층(구의동)
전화 1811.1488 팩스 02.6442.9442
book@chaeryun.com www.chaeryun.com

책값은 뒤표지에 있습니다.

ISBN 979-11-85401-77-5 03810